Y BOCS ERSTALWM

Y Bocs Erstalwm

Mair Wynn Hughes

Argraffiad cyntaf: 2024
ⓗ testun: Mair Wynn Hughes

Cedwir pob hawl.
Ni chaniateir atgynhyrchu unrhyw ran o'r cyhoeddiad hwn,
na'i gadw mewn cyfundrefn adferadwy, na'i drosglwyddo
mewn unrhyw ddull na thrwy unrhyw gyfrwng, electronig, electrostatig,
tâp magnetig, mecanyddol, ffotogopïo, recordio, nac fel arall,
heb ganiatâd ymlaen llaw gan y cyhoeddwyr, Gwasg Carreg Gwalch,
12 Iard yr Orsaf, Llanrwst, Dyffryn Conwy, Cymru LL26 0EH.

Rhif Llyfr Safonol Rhyngwladol:
978-1-84527-944-8

ISBN elyfr: 978-1-84524-609-9

CYNGOR LLYFRAU CYMRU

Cyhoeddwyd gyda chymorth Cyngor Llyfrau Cymru

Cynllun y clawr: Eleri Owen

Cyhoeddwyd gan Wasg Carreg Gwalch,
12 Iard yr Orsaf, Llanrwst, Dyffryn Conwy, Cymru LL26 0EH.
Ffôn: 01492 642031
e-bost: llyfrau@carreg-gwalch.cymru
lle ar y we: www.carreg-gwalch.cymru

Argraffwyd a chyhoeddwyd yng Nghymru

I fy nheulu,
ac er cof am Tom.

Diolch
i Eabhan, tiwtor Cyfle Arall, Coleg Menai,
am gadw'r awydd yn fyw.

1.

Rydw i'n gorwedd yn fy ngwely, yn edrych ar y craciau ar y nenfwd uwch fy mhen. Maen nhw'n crwydro yma ac acw fel petaen nhw ar goll, yn union fel finna, yn y gwacter rhyfedd 'ma sydd yn fy mhen.

Mi fûm i yn yr ysbyty. Niwmonia, meddan nhw. Ond rydw i'n well rŵan ac yn barod i godi a gafael ynddi. Siŵr bod 'na gant a mil o bethau i'w gwneud yn y tŷ 'ma, a finna wedi bod o 'ma cyhyd. Am bythefnos, meddan nhw, ond fedra i ddim credu hynny, chwaith.

Faint o'r gloch ydi hi? Mae 'na gloc yma'n rhywle, petawn i'n medru cofio lle rhois i o. Un bach glas efo bysedd 'dweud yr amser' yn tic tocian arno fo. Ond dydw i ddim am godi i chwilio amdano.

Mae llygedyn bach o olau tu ôl i'r llenni. Amser codi, siŵr o fod. Roeddwn i'n codi'n fore erstalwm. Rydw i'n cofio'n iawn: saith o'r gloch i'r funud, a ras wedyn i wneud brecwast John. Roedd y tŷ 'ma'n brysur yr adeg honno. Ond dydi o ddim rŵan. Pam, deudwch? Mi fydda John a finna yma bob amser, a mam John weithiau hefyd.

Ond mi newidiodd pethau. Dydw i ddim isio cofio pam, ond mae'r hyn ddigwyddodd yn cnoi a chnoi y tu mewn imi, a felly fydd o nes i'r cyfan gau yn ddolur tywyll amrwd, rywle yng nghanol y niwl pen 'ma sydd gen i.

Mae'r Bocs Erstalwm ar y dŵfe wrth fy ochr, ac mae fy llaw

yn pwyso arno am fod y 'fi coll' ynddo yn rhywle, y fi honno sy'n crwydro yma ac acw yn fy mhen, wedi colli'i ffordd yn lân. Mi edrycha i ynddo yn y munud, wedi imi godi.

Dydi John ddim wedi dŵad adra. Fel'na mae o efo'r hen lorri 'na. Mynd a dŵad efo hi am ddyddiau ar y tro, a finna yma ar fy mhen fy hun, y rhan fwya o'r amser. Ond, dyna fo, rydw i wedi hen arfar.

Tybed ges i niwmonia o ddifri? Dydw i'n cofio fawr am yr amser yn yr ysbyty, dim ond bod 'na nyrsys uwch fy mhen i byth a beunydd, a dim llonydd i'w gael ganddyn nhw, a neb roeddwn i'n ei nabod yn dŵad i 'ngweld i. Ac rydw i'n cofio troi a throsi, a phesychu, a methu cael fy ngwynt ... a nyrsys efo pethau glas dros eu cegau, a ... a ...

Rhyfedd na ddaeth John i 'ngweld i. I ffwrdd efo'r lorri 'na eto, debyg, ond mi fydd o adra'n fuan. Ella fod ei fam wedi dweud wrtho am beidio dŵad i'r ysbyty. Synnwn i ddim.

Hen ddynas annifyr ydi hi, yn eistedd yn ei chongl pan oedd hi yma, a gweld bai ar bob dim. Wn i ddim sut y magodd hi rywun hoffus fel fy John i, na wn i, wir. Roedd hi'n mynnu beirniadu o hyd, a fydda dim fyddwn i'n ei wneud yn iawn ganddi. Sgwn i ble aeth hi? Dydw i ddim wedi'i gweld hi ers misoedd. Ond dyna fo, does fymryn o ots gen i.

Mi fydd y ddynas helpu yma toc. Mae 'na allwedd mewn bocs bach tu allan i'r drws er mwyn iddi gael dŵad i mewn. Ond mae hi'n ddynas wahanol bron bob dydd. Mae 'na fwy nag un ohonyn nhw. Tair, pedair, wn i ddim faint. Rydw i wedi colli cownt ar y rhai sydd â'u trwynau, llawn busnes, yn y tŷ 'ma.

Mae'r drws ffrynt yn agor.

'Ww-ww! Fi sy 'ma!'

Am beth gwirion i'w ddweud. Rhai fel hi sydd yma bob dydd, ond eu bod nhw'n newid. Dynas helpu ydi pob un. Wn i ddim pam mae pawb yn gwisgo'r peth glas 'na ... mwgwd ... dros eu cegau, chwaith. Isio cuddio pwy ydyn nhw, debyg, rhag ofn imi ddŵad i'w nabod nhw. Pwy bynnag ydyn nhw, dydw i ddim isio'u help nhw. Rydw i'n berffaith 'tebol i wneud pethau fy hun, ac wedi bod felly erioed.

Clop! Clop! Mae'i thraed hi'n dobio ar y grisiau. Sŵn fel y ceffyl hwnnw welais i yn ... wel, syrcas, am wn i ... na ... cofio rhywle efo lot o bobl ynddo fo, ond wn i ddim lle. Ceffyl mawr brown oedd o, efo traed fel lleuad llawn, a'r rheiny'n clop clopian yn fy nghlustiau nes imi gydio yn llaw Mam. Roedd 'na lot o bobl yno a cheffylau mawr, efo rhubanau'n chwifio yn y gwynt wrth iddyn nhw garlamu heibio. Roedd Mam yn chwerthin ac yn dweud, 'Yli, Lydia! Dydyn nhw'n smart!' Ond roedd dwndwr eu traed yn fy mhen a finna'n gwasgu llaw Mam wrth iddyn nhw ddŵad yn nes, ac yn nes. Roeddwn i ofn iddyn nhw glip clopian reit droston ni a'n gwasgu ni'n sitrach. Rydw i'n teimlo fy hun yno, reit yn eu canol nhw, y funud yma, efo Mam. Mae braich Mam amdana i a'i llais yn fy nghlustiau.

'Rwyt ti'n saff efo fi, Lydia.'

Cofio ... Mam, a fi! Dim ond ni'n dwy oedd yno. Welais i 'run tad erioed, er bod llun o ryw ddyn, efo mwstásh, ar y ddreser. Mi fyddai Mam yn ei ddwstio'n ofalus bron bob dydd ac yn gwneud ceg gam, llawn dagrau wrth wneud. Mi ofynnis iddi hi pwy oedd o pan oeddwn i'n eneth fach.

'Dy dad, Lydia,' medda hi.

'Efo mwstásh?' holais yn syn.

'Ia. Dy dad ydi hwn, Lydia bach.'

'Lle mae o wedi mynd, Mam?'

'I'r nefoedd,' medda hi, gan gyffwrdd yr wyneb yn ddigalon.

A finna'n methu dallt pam roedd o isio mynd i fanno a gwneud i Mam grio, a'n gadael ni ar ben ein hunain. Mi fuasa'n braf cael tad, ond mae Mam gen i, tydi.

Ond mae'r cofio yn chwalu'n deilchion a diflannu i rywle, gan chwarae mig yn fy mhen i.

Mae'r ddynas helpu'n sefyll wrth y gwely erbyn hyn ac yn disgwyl imi symud.

'Amser codi rŵan, Lydia.'

Be arall, 'te!

'Amser codi a molchi, Lydia,' medda hi eto. 'Ond mi ddo' i â phanad sydyn ichi gynta, os liciwch chi.'

Dydw i ddim isio neb i wneud panad imi, nac i ddweud wrtha i pryd i molchi, chwaith. Fel rydw i wedi dweud droeon, rydw i'n berffaith 'tebol i wneud pethau fy hun. Wedi gwneud hynny erioed. Cadw tŷ ac edrych ar ôl gŵr a mam yng nghyfraith, er na ches i fawr o ddiolch gan honno.

Mae'r ddynas helpu'n carlamu i lawr y grisiau. Fel'na maen nhw i gyd. Ar ryw duth gwyllt yma ac acw. Lot o bobl angen help, meddan nhw. Wn i ddim pam maen nhw'n dŵad yma a finna wedi gwella ac yn iawn ar fy mhen fy hun. Codi rhywun cyn cŵn Caer, ac yn ddigywilydd hefyd, yn cymryd drosodd. Llygadu pethau yn y cwpwrdd wrth smalio chwilio am y te, a dweud 'mod i'n brin o siwgr a bisgedi a phethau felly, a bod isio gwneud rhestr er mwyn i Sioned Drws Nesa eu siopio nhw imi. Rydw i'n gwybod yn iawn beth ydw i 'i angen, heb iddyn nhw chwilota yn fy nghwpwrdd i.

Mae'n well gen i de rhydd. Fedrwch chi ddim gwneud camgymeriad efo hwnnw. Dwy lwyaid yn y tebot a dŵr berwedig o'r tegell ar 'i ben o. Ond mi fydda mam John yn sniffian a chrychu'i thrwyn. Doeddwn i ddim yn gadael i'r te ddiogi yn y tebot, medda hi. Ei stiwio fo roedd hi'n feddwl. Dim siawns, medda finna, yn ddistaw bach. Chydig funudau ac i lawr â fo. Os oedd hi isio te fel triog, roedd croeso iddi ei wneud o'i hun – ond wrth gwrs, chododd hi 'mo'i bys i wneud. Ond mi frathais fy nhafod lawer tro, er mwyn John.

Mae'r ddynas helpu wedi dŵad â'r banad cyn imi godi i molchi. Does 'na ddim gadael te i stiwio'n perthyn i hon. Te diliw ydi o, yn boddi mewn llefrith, a hithau ar ormod o frys fel arfar. Ond mi lynca i chydig ohono am ei bod hi'n stwyrian o 'nghwmpas i, isio imi godi a molchi a mynd i lawr y grisiau a chael fy mrecwast.

Mae'n hen bryd iddi fynd, imi gael llonydd. Felly, molchi ac i lawr y grisiau amdani, i'w phlesio hi.

'Cofiwch fwyta'ch brecwast a chymryd eich tabledi,' medda hi, a rhoi darn o dost a'r potyn marmalêd o flaen fy nhrwyn cyn gafael yn y ffeil sydd ar y ddreser.

Mae'r merched helpu'n sgwennu yn honno bob tro maen nhw yma. Rhyfedd, 'te!

'Gadwch y llestri. Mi fydda i yma amser cinio i wneud tamaid bach ichi. Mi olcha i nhw'r adeg honno,' medda hi wedyn.

Rydw i'n teimlo fel mul o styfnig wrth wrando arni. On'd ydw i wedi golchi pob llestr a'u cadw nhw yn y cwpwrdd ers blynyddoedd? Lle i bopeth a phopeth yn ei le. Ond, dyna fo, rydw i'n anghofio'u lle nhw weithiau ac yn eu rhoi nhw yn rhywle arall, a rhyw ddynas helpu'n cwyno wrth browla, yma ac acw, i chwilio amdanyn nhw. Ond fy lle i ydi o, a fedrwch chi ddim cyrraedd ... ym ... faint bynnag ydi f'oed i ... heb anghofio ambell beth, yn na fedrwch? Mi ddisgwylia i iddi fynd cyn gwneud tamaid bach gwell i mi fy hun. Wy wedi'i ferwi, ella, a brechdan jam efo fo.

Mae'r tŷ'n distewi wrth i mi eistedd wrth dân pitw y teclyn trydan 'ma. Tân grât oeddwn i'n ei licio, imi gael gwylio'r fflamau'n codi a gostwng wrth iddyn nhw ddawnsio i fyny'r simna. Mi fyddwn i'n eistedd yn y gadair ac yn colli fy hun yn rhywle pell wrth eu gwylio, a Mam yn chwerthin a gofyn, 'Be weli di rŵan, Lydia bach?'

Rydw i'n edrych o 'nghwmpas.

'Lle mae fy mocs cofio fi, y Bocs Erstalwm?'

'Hwnnw oedd ar y gwely?'

'Ia.'

Mae'n hen bryd iddi fynd i chwilio amdano. Fy mocs sbesial i ydi o. Bocs cofio, lle bydda i'n chwilio am y fi sydd ar goll.

'A' i i'w nôl o rŵan ichi.'

Ac i ffwrdd â hi, fel gafr ar daranau, am y llofft ac yn ôl wedyn yn siarsio bod isio cymryd gofal, a pheidio â'i adael ar lawr wrth fy nhraed. Ond yn fanno fydda i'n licio ei gadw.

Mi fydda i'n ei godi ar fy nglin a throi fy mysedd, yma ac acw, rownd a rownd, yng nghanol y lluniau a cheisio cofio'r pethau sydd ar goll yn y niwl. Bocs llwythog o fy erstalwm i ydi o, a fi sydd ynddo, yn rhywle. Mi fydda i'n siŵr o gael gafael arna i fy hun, dim ond imi gadw'r Bocs Erstalwm yn saff.

Mae'r ddynas helpu wedi mynd ... ar frys gwyllt, fel arfar. Debyg y daw hi'n ôl ryw dro. Mae fy mysedd yn anwylo'r caead cyn imi agor y bocs a chwilio. Chwilio a chwilio ... troi a throsi ... dyma lun Mam ... a finna'n rhwbio deigryn wrth chwilio'r niwl a chofio'r erstalwm pan oeddwn i'n sâl. Un dda oedd Mam, a finna'n teimlo'n saff efo hi bob amser.

Cofio ...

Rydw i'n methu llyncu ac yn crynu fel deilen ac yn llosgi bob yn ail.

'I dy wely rŵan, Lydia bach,' medda Mam, gan estyn fy nghoban a fy lapio o dan y blancedi.

'Wnewch chi ddim mynd o 'ma, na wnewch, Mam?'

'Na wnaf, siŵr. Tria fynd i gysgu rŵan.'

'Isio diod, Mam.'

'Mi a' i i'w nôl o iti, 'ngenath i. Swatia di yn fanna.'

Ond rydw i'n rhy boeth, ac yna'n rhy oer i swatio ac mae fy ngheg i'n teimlo'n rhyfedd. Mi edrychodd Mam i mewn a gweld smotiau gwynion. Tybed ydw i am farw, 'run fath â Dad a Jini? Fy nghath fach i oedd Jini, un ddu a gwyn. Mae hi wedi mynd i'r nefoedd efo Dad, medda Mam. Oedd gan Jini smotiau gwyn, fel fi, yn ei cheg cyn iddi farw? Dydw i ddim isio mynd atyn nhw i'r nefoedd. Mae'n well gen i fynd i'r ysgol.

Pam mae Mam mor hir? Mae'r blancedi'n dynn amdana i a finna'n ymladd i dyrchio fy ffordd allan, ond fedra i ddim, am fod 'na gysgod mawr hyll yn y llofft a hwnnw'n gwneud stumiau arna i.

'M...A...M!'

Mi fydd hi'n gofyn i Doctor Preis alw am fy mod i'n sâl. Dydw i ddim yn licio Doctor Preis. Mae ganddo fo lais mawr a dwylo oer ac mi fydd yn gwthio pren i lawr fy ngwddw nes imi fod isio cyfogi, ac mae o'n gweiddi, 'Deuda Aaaa, Lydia,' fel petawn i filltiroedd i ffwrdd.

Mae'r hen gysgod hyll 'na ar y nenfwd rŵan.

'M...A...M!'

Mae Mam yn rhedeg i fyny'r grisiau.

'AAaa!'

Rydw i'n sgrechian wrth weld wyneb y cysgod yn chwyddo'n fawr uwch fy mhen i.

'Ewch â fo o 'ma. AAaa!'

Mae breichiau Mam yn cau amdana i. Chaiff yr hen gysgod ddim fy llyncu tra mae hi yma. Ond mae o yno o hyd, yn llercian ... a gwneud stumiau ... a disgwyl.

'Tria gysgu, 'ngenath i.'

'Mae o yn fanna. Mae o'n sbio arna i efo'i lygaid mawr hyll ac yn agor ei geg.'

Ond mae Mam yn gofalu na chaiff o fy llyncu.

Rydw i'n cysgu, a chysgu, a chysgu. Fedra i ddim agor fy llygaid wedi imi ddeffro. Mae'r golau yn eu brifo nhw a finna'n chwys drostaf.

'MAM!'

Mae Doctor Preis wedi cyrraedd. Dydw i ddim isio pren i lawr fy ngwddw.

'Deudwch wrtho fo, Mam.'

Mae dwylo Doctor Preis ar fy nhalcen, a'r rheiny'n teimlo'n oer braf. Ond mae o isio imi agor fy ngheg. Dydw i ddim isio. Dim ... isio ... na ... MAM!

'Agor dy geg i Doctor Preis rŵan, Lydia.'

Yyy – yyych! Rydw i'n mynd i gyfogi.

'Twymyn y frech, Mrs Jones,' medda fo. 'Molchi efo dŵr claear bob hyn a hyn i ddŵad â'r gwres i lawr. Mi fydd yn well wedi i'r smotiau ddangos.'

Mae o wedi mynd o'r diwedd a finna'n sypyn yn y gwe-

Dyna ryfedd! Mae popeth wedi diflannu a finna mewn cadair a rhywun yn galw 'Lydia' ac yn pwyso llaw ar fy ysgwydd.

'Lydia! Deffrwch. Rydw i wedi gwneud brechdanau a phanad ichi.'

Rydw i'n agor fy llygaid yn araf bach. Ble aeth Mam a Doctor Preis? Roedden nhw yma gynna. Pam mae fy nghorff yn griciau anystwyth, a dynas ddiarth yn symud y Bocs Erstalwm am ei fod o ar lawr wrth fy nhraed? Mi fydd hi am ei gadw yn rhywle, debyg. Wn i ddim yn lle. Be sydd ar y bobl 'ma, deudwch, yn busnesu? Rydw i'n gwgu arni.

'Pwy dach chi?'

'Louise ydw i, Lydia. Dŵad yma i helpu. Dach chi ddim yn cofio? Ro'n i yma bora 'ma.'

Wrth gwrs 'mod i'n cofio, ddim am gyfadda oeddwn i. Dynas helpu ydi hi, ond llonydd ydw i isio. Llonydd i gofio'r pethau anghofiais i. Pobl, lleisiau, lleoedd ... maen nhw i gyd wedi mynd o 'ngafael i. Ond mae lleisiau Mam a Doctor Preis yn cuddio yn y niwl pen 'ma a finna'n unig hebddyn nhw.

'Bwytwch rhain rŵan cyn imi fynd.'

Rhyfedd. Roeddwn i am wneud rhywbeth wedi i hon adael bore 'ma. Rhywbeth i'w fwyta, ond fedra i ddim cofio be. Mi ddaw'r cof imi yn y munud.

Brechdanau ham ydi'r rhain, medda hi. Rydw i'n agor un i weld. Crafiad o fenyn sydd arni, fel yn amser y rhyfel, pan oedd popeth yn brin, yn ôl Mam.

'Ydi hi'n rhyfel o hyd?'

Mae'r ddynas helpu'n chwerthin.

'Drosodd erstalwm, Lydia.'

Rydw i'n edrych ar y frechdan eto.

'Ydi menyn yn brin, 'ta?'

Dydi hi ddim yn ateb. Cywilydd arni am roi cyn lleied, decin i. Ond mae'n well i mi eu bwyta, wedi iddi drafferthu eu gwneud nhw, er nad ydw i'n fodlon iawn. Brechdan ham efo trwch o fenyn fydda i'n ei wneud, a John yn eu llarpio nhw fel petai o ar lwgu. Un llwglyd fu o rioed, yn dreifio lorri a byw ar ei focs bwyd a sawl pryd o sglodion siop ar ei daith, a finna'n dweud wrtho am wylio rhag magu bol a mynd yn dew. Chwerthin fydd o, a dweud bod angen chydig o gnawd ar ddreifar lorri. 'Hy!' fydd fy ateb i hynny bob tro. P'run bynnag, bwyd iawn fydd o'n ei gael gen i. Bwyd cartra. Rhyfedd. Mae o i ffwrdd ers dipyn rŵan, ond mi gaiff groeso mawr pan ddaw o adra. Rydw i'n gwenu. John a fi, fi a John. Ni ein dau sy'n byw yn y tŷ 'ma.

Cadair John sydd yr ochr arall i'r grât. Mi fydd o'n disgyn iddi ac yn tynnu'i sgidiau'n flinedig wedi iddo gyrraedd adra, a finna'n estyn ei slipas. Fflachod fydda i'n eu galw nhw, am eu bod nhw'n hen ac yn dyllau bodiau.

'Braf cyrraedd adra, Lydia,' fydd o'n ddweud bob tro.

Rhaid imi ddechrau gwneud tamaid o fwyd a berwi'r tegell, iddo gael panad. Ond mae 'na swigen ddu annifyr yng nghefn fy meddwl i. Wn i ddim pam mae hi'n mynnu llechu yno, yng nghanol y niwl, i godi ofn arna i. Rydw i'n trio'i hysgwyd ymaith, ond llechu yno mae hi o hyd.

Mi ddylwn i godi o'r gadair a llnau dipyn ar y tŷ 'ma cyn i John gyrraedd, a mynd i siopa bwyd hefyd, ar ôl i'r ddynas helpu 'ma adael.

'Lle mae fy mag negas i?'

'Be dach chi am ei wneud efo hwnnw?'

'Picio i'r siop.'

'Ond Lydia, chewch chi ddim. Ma'r Covid o gwmpas a chithau'n gorfod aros yn y tŷ ar ôl y niwmonia. Ynysu.'

'Dydw i ddim yn byw ar 'run ynys. Yng nghanol y môr ma'r rheiny.'

'Gair Cymraeg am aros yn y tŷ ydi ynysu. *Shielding* yn Saesneg.'

'Waeth gen i be ydi o yn Saesneg. Cymraes ydw i erioed.'

'Dach chi ddim yn cofio'r nyrs yn dŵad yma i roi 'jecshion ichi?'

'Doctor Preis fydd yn dŵad yma.'

Ochneidio ddaru hi, a waeth iddi heb â meddwl na chlywais i mohoni, chwaith. Rydw i'n gwybod be 'di be a sut mae pethau i fod yn y tŷ 'ma.

Rydw i'n disgwyl iddi fynd, imi gael cychwyn ar bethau.

'Well imi gadw hwn i fyny'r grisiau rhag ofn ichi faglu,' medda hi. 'Beryg ichi syrthio drosto fo, tydi!'

Mae hi isio mynd â fo i'w gadw eto. Hi a'i baglu. Dydw i ddim yn cofio baglu. Ond cyn imi ddweud gair, mae hi'n diflannu i fyny'r grisiau a'r Bocs Erstalwm efo hi. Pam i fyny'r grisiau? Yn fama ddylai'r bocs fod. Yma, ar lawr, wrth ochr y gadair, imi gael chwilota am yr erstalwm sydd ynddo fo. Ond mae'r merched helpu 'ma'n mynnu cadw fy mhethau i yma ac acw o hyd, ac yn brygowtha 'mod i bron â syrthio sawl tro o achos y bocs, a bod yn well ei gadw i fyny grisiau'n saff, jest rhag ofn. Dydyn nhw ddim yn dallt 'mod i angen y bocs wrth fy nhraed, bod yn *rhaid* imi ddal i chwilio ynddo fo nes y do' i'n ôl.

'Na, rhoswch ...' galwaf.

Ond yn rhy hwyr. Mae hi wedi'i gwadnu hi i fyny'r grisiau ac i lawr ar frys wedyn, ac mae'n diflannu trwy'r drws ffrynt gan alw,

'Mynd rŵan, Lydia. Mi fydda i'n ôl heno.'

Wn i ddim pam maen nhw'n busnesu ac yn cadw pethau, does wybod yn lle. Maen nhw'n deddfu fel petawn i'n eneth fach, a finna'n corddi a chorddi tu mewn. Mi fydda i'n dweud wrth hon am adael llonydd i bethau pan ddaw hi'n ôl. Yn ôl i wneud panad arall, debyg. Rydw inna'n eistedd yn y gadair ac yn ceisio penderfynu be wna i nesa. Dwstio chydig, ella. Dydw i ddim wedi gwneud hynny ers tro, am wn i, na rhoi hwfer ar y carped 'ma chwaith. Ond mae 'na ddynas llnau'n dŵad weithiau. Am fy mod i wedi cael niwmonia, meddan nhw. Dynas fechan glên ydi hi. Doris ... Dilys ... na, rydw i'n chwilio 'mhen ... Siŵr iawn. Doreen ydi hi. Sgwn i ydi hi'n perthyn i Sioned Drws Nesa? Un glên ydi honno hefyd, yn ffrind, yn helpu a siopa imi. Mae pawb yn dweud 'mod i wedi cael niwmonia ac wedi bod yn yr ysbyty. Ond dydw i'n cofio fawr, er 'mod i'n amau eu bod nhw'n dweud y gwir.

Tydw i ddim isio llawer o negas heddiw, ddim a John oddi cartra, yn dreifio'r hen lorri 'na fel arfar, a hynny am ddyddia ar y tro a finna prin yn ei weld o. Ond, dyna fo, rydw i wedi hen arfar â bod ar fy mhen fy hun, er 'mod i'n teimlo'n unig weithiau, yn eistedd yn y gadair 'ma, yn trio chwilio drwy'r niwl am y bobl gollais i.

Ella y bydd Sioned Drws Nesa yma'n fuan. Mae hi'n nôl fy mhensiwn i hefyd, chwarae teg iddi, ac yn dod â fo imi yn y waled honno ges i gan John. Waled ddel ydi hi. Rydw i'n chwilio amdani yn fy mag llaw rŵan, ac yn dotio ati wrth ei byseddu, a chofio ...

'Ffitio'n iawn yn dy fag llaw di,' dyna ddywedodd o.

A finna'n rhoi cusan iddo wrth ei derbyn. Un da ydi John, yn rhoi un anrheg ar ôl y llall imi, i ddangos ei fod o'n fy ngharu, medda fo. Rydw i'n hiraethu amdano pan fydd o i ffwrdd. Wn i ddim lle mae o, na phryd y daw o adra, ond mae o'n siŵr o ddŵad heno. Ac ar ôl inni gael swper, mi fydd yn darllen y papur yn ei gadair tra bydda inna'n golchi'r llestri, cyn inni eistedd ar y soffa, ochr yn ochr yn braf. Dau hapus. Rhyfedd. Mae deigryn sydyn yn fy llygad. Wn i ddim pam, chwaith.

Mae'r hen gwmwl du 'na'n mynnu llechu yn fy mhen, a'r niwl yn lledaenu a chuddio'r pethau rydw i'n trio'u cofio. Peth ofnadwy ydi colli bywyd mewn niwl, a chwilio amdano fo ... a methu ... methu ei gael yn ôl.

Rhaid imi wneud rhywbeth. Ond be? Rydw i'n edrych o gwmpas y stafell 'ma, yn chwilio am rywbeth i'w wneud. Dydw i ddim yn un am eistedd efo dwylo llonydd, yn enwedig wrth ddisgwyl am John. Ond heddiw rydw i'n gyndyn iawn o godi o'r gadair, er nad oes 'na 'run asgwrn diog yn fy nghorff i. Fuo fi erioed yn un ddiog. Mi fuaswn i'n fwy 'tebol petawn i'n medru cofio pobl a phethau a'r fi sydd ar goll.

Cofio neu beidio, rydw i'n berffaith gyfrifol i fod ar fy mhen fy hun, heb y bobl, y mynd a'r dŵad, o hyd. Rydw i wedi hen arfar, yn tydw, ac yn medru nôl pensiwn a negas o'r siop hefyd, ond bod 'na ryw aflwydd o gwmpas, a does wiw imi fynd, meddan nhw. Deddfu eto. Beth oedd y ddynas helpu'n galw'r aflwydd hefyd? Enw tebyg i Corovona arno fo. Enw rhyfedd.

Rydw i'n ysgwyd fy mhen wrth drio cofio'r amser pan oeddwn i'n ifanc a'r byd mawr tu allan yn ymestyn o fy mlaen i. Mi oedd y Lydia oeddwn i erstalwm efo fi, yn gwmni i mi bob cam o'r ffordd, ond mae hi wedi cilio i'r niwl heddiw.

Rydw i'n syllu ar fy nwylo, sy'n gorwedd yn llipa ar fy nglin fel petaen nhw wedi blino. Rydw i'n dechrau chwerthin. Dyna wirion ydw i. Dwylo gwaith ydyn nhw. Dwylo llnau a choginio a gofalu am John pan ddaw o adra, ac ôl gweithio arnyn nhw.

Wrth i mi edrych o gwmpas y stafell fyw mae hi'n edrych

yn ddiarth, fel stafell rhywun arall, a finna'n methu dallt pam yr ydw i yma. Ond yna, rydw i'n wfftio. Ystafell John a fi ydi hi, yng nghartref John a fi. Ond mae pethau'n mynnu chwyrlïo yn fy mhen.

Mae 'na lun ar y wal. Llun mynydd. Sgwn i pa fynydd ydi o? Mi fu John a finna'n dringo mynydd un tro. Un uchel, a thrên yn arllwys cwmwl o fwg wrth deithio i fyny ei lethrau, a ninna'n anadlu brwmstan wrth iddo fynd heibio.

    Rydw i'n cau fy llygaid wrth drio cofio … cofio. Roedd John yn gafael yn fy llaw a ninna'n … rydw i'n dechrau chwerthin … yn pwff pwffian, 'run fath â'r trên, wrth iddo anelu am y copa. Roedd 'na haul, a John yn gwisgo het wen â rhuban du arni, ac yn mwmian canu bob yn ail gam, ac yn gwenu arna i, ac yn dweud 'jest yna rŵan, Lydia' wrth fy ngweld yn nogio, ac roedd … ond dyna fi wedi anghofio eto. Biti.

    Ella fod y mynydd hwnnw yn y Bocs Erstalwm. Rydw i'n estyn i afael ynddo, ond dydi o ddim yno. Mae'r ddynas helpu wedi mynd â fo i fyny'r grisiau. Rhai fel'na ydyn nhw. Gwneud gwaith lle nad oes gwaith, a brysio o 'ma wedyn.

    Rydw i'n codi ac yn mynd i chwilio am y bocs a bag rhywbeth arall roeddwn i ei isio hefyd, ond fedra i ddim cofio bag i beth oedd hwnnw. Tybed mai bag i siopa erbyn y daw John adra? Mae'r ddynas helpu 'na wedi'u cadw nhw yn y llofft, rhag imi gael gafael arnyn nhw. Fel'na mae'r merched 'ma, i gyd yn prowla yn fy mhethau a meddwl eu bod nhw'n gwybod yn well na fi.

    'Ma' well imi gadw hwn rhag ofn ichi faglu eto.' Dyna ddywedodd hi wrth afael yn y Bocs Erstalwm.

    'Baglu eto?'

    Dydw i ddim yn cofio baglu.

'Y bocs oedd ar lawr a chitha heb sylwi,' medda hi. 'Mi fu bron ichi syrthio.'

Os ydi hi'n dweud, 'te! Ond ta waeth, rydw i'n dringo'r grisiau i chwilio am y Bocs Erstalwm a'r bag mynd-i-rywle, ac wfft iddi hi a'i baglu. Mae drws caeedig y llofft fach ar y dde, ond fydda i ddim yn ei agor. Wn i ddim pam, chwaith. Ta waeth. Rydw i'n anelu am fy llofft fy hun, i chwilio am y bocs a'r bag, lle bynnag mae'r ddynas helpu wedi'u cuddio nhw. Ella mai yn y wardrob maen nhw.

Rydw i'n penlinio wrth y wardrob ac yn palfalu yn y gwaelod, yng nghanol y sgidiau. Mae 'na rai gwyn del yma, efo bwcl arian. Sgidia mynd am dro efo John ydyn nhw. Rydw i'n cofio rŵan. Fo brynodd nhw imi, ac rydw inna'n eu gwisgo pan fyddan ni'n mynd i le sbesial efo'n gilydd. Dydw i ddim yn cofio lle rydan ni'n mynd, chwaith. Mi fyddan ni'n dewis lle gwahanol bob tro, rhywle rhad am nad oes ganddon ni lot o arian. Ond mae ganddon ni gar bach ail-law. Un bach du.

'Dydi o ddim yn un newydd,' medda John. 'Ond mae o'n iawn i fynd am dro, tydi?'

Roedd o isio imi ddysgu dreifio.

'Yli hwylus fuasa fo,' medda fo. 'Picio am dro bach ar dy ben dy hun.'

Ond gwrthod wnes i. Roeddwn i'n mwynhau eistedd fel ledi yn y sedd flaen a gwylio John yn dreifio, ac ofn cael damwain wrth ddreifio fy hun arna i hefyd, taswn i'n cyfadda'r gwir.

'Rwyt ti'n giamblar ar ddreifio, John,' medda fi.

Rydw i'n gwenu. Dyna braf ydi cofio pethau.

Ond rŵan, rydw i'n penlinio'n anghyfforddus wrth y wardrob 'ma. Roeddwn i am chwilio am y Bocs Erstalwm a bag arall, yn doeddwn? Ond mae 'mhen i'n llawn chwyldro wrth geisio cofio pethau. Bocs Erstalwm a bag siopa ... bocs a bag ...

bocs a bag. Rydw i'n dweud yr enwau drosodd a throsodd, rhag ofn imi anghofio.

Mae 'na bentwr o sgidiau yn y wardrob. Tybed oeddwn i'n chwilio am sgidiau? Na, chwilio am y Bocs Erstalwm a bag siopa roeddwn i, ond dydyn nhw ddim yma. Ac mae'n hen bryd imi fynd am y siop, neu mi fydd John adra cyn imi gael cyfle. Mi bryna i facwn a wyau i wneud sgram o swper. Mi fydd John wrth ei fodd. Ella y dylwn i wisgo'r peth glas, y mwgwd 'na, i fynd i'r siop, am fod yr aflwydd Coronvona, neu rywbeth, o gwmpas.

Be arall oeddwn i'n chwilio amdano hefyd? Rhywbeth pwysig ofnadwy. Pwysig ... pwysig ... Ond mae beth bynnag oedd o wedi diflannu i'r gwacter niwlog eto. Ella 'mod i isio sbectol.

Rydw i'n chwilio yng ngwaelod y wardrob 'ma, yn palfalu a thynnu a chwilota, yma ac acw, nes bod y sgidiau a'r pethau'n bentwr blêr ar y carped. Dim ots, rydw i'n colli amynedd wrth chwilota. Ond jest pan oeddwn i yn codi ar fy nhraed, dyna lle roedd o ... y Bocs Erstalwm. Hwnnw roeddwn i'n chwilio amdano. Y bocs pwysig, y bocs coch efo patrwm aur arno fo, a fy mywyd i y tu mewn iddo. Am hwn roeddwn i'n chwilio, siŵr iawn, dim ots am y bag siopa, hwn sy'n bwysig. Dyna wirion ydw i.

A dyma fo, reit yng nghefn y wardrob. Y ddynas helpu 'na wedi'i guddio fo rhag imi gael gafael arno, debyg. Tydyn nhw'n haerllug, deudwch? Maen nhw'n meddwl eu bod nhw'n gwybod yn well na fi, a finna wedi treulio oes yn byw bywyd destlus, fel y byddai Mam yn dweud.

Mae'r sgidiau'n batrwm rywsut rywsut ar lawr y llofft, ond dim ots. Rydw i'n cario'r Bocs Erstalwm i lawr y grisiau, er ei fod o'n drwm a fy nghoesau inna'n anystwyth wrth imi anelu am y stafell ffrynt. Fedra i ddim peidio â'i fwytho, rhwbio fy mysedd yn ysgafn drosto, cyn ei osod yn dwt wrth fy nhraed, a'r dagrau sydyn yn llosgi fy llygaid wrth feddwl bod y fi coll yn cuddio ynddo fo. Pwy sydd efo fi, y tu mewn iddo? Ella'i fod o'n llawn o'r bobl a'r pethau gollais i.

Wedi imi eistedd, rydw i'n syllu ar y bocs wrth fy nhraed am hir, cyn plygu i godi'r caead â bysedd crynedig. Pa erstalwm wela i heddiw? Rydw i'n troi a throsi'r lluniau rownd a rownd, yn rwtsh ratsh cymysglyd, efo fy mysedd.

Pa lun ddewisa i? Mae 'na amlen wen yn eu canol, ond dydw i ddim am edrych ar honno. Dydw i ddim isio. Rydw i'n troi a throi a gafael mewn sawl llun, ac un arall, ac un arall, cyn ei droi heibio. Wn i ddim pam, chwaith. Ond mae'r wynebau arnyn nhw'n syllu arna i, fel petaen nhw'n dweud ... fi ... dewisa fi, Lydia. Be sydd arnyn nhw, deudwch? Pam maen nhw'n swnian fel'na a finna'n gwylltio'n drobwll tu mewn?

Twt! Dydw i ddim isio dewis. Ond yna, yn sydyn, rydw i'n gweld pelen o ruban coch yng nghanol y lluniau. Rydw i'n gafael ynddi, yn ei throi a'i throi yn fy nwylo ac yn gwenu wrth gofio; cofio mynd i'r ysgol am y tro cynta erioed, â'r rhuban coch yn gwlwm del yn fy ngwallt. Roeddwn i'n gafael yn dynn yn llaw Mam, am fod arna i ofn iddi fy ngadael yn y lle mawr diarth am byth.

Ond roedd Mam yn fy ngwasgu ati ac yn addo ...

'Dim ond tan amser cinio, Lydia.'

Rydw i'n gwenu wrth gofio. Mi ges i eistedd wrth ochr rhywun efo rhuban coch, yn union fel f'un i. Roedden ni'n edrych ar ein gilydd, heb wenu, dim ond edrych, ac edrych, heb ddweud dim. Rydw i'n anwesu'r rhuban coch wrth gofio. Wnaethon ni ddim gwenu ar ein gilydd am hir, hir. Pwy oedd hi hefyd?

Rydw i'n rhoi'r rhuban coch yn ôl yn y Bocs Erstalwm ac yn sylwi ar lun arall ar yr wyneb. Llun dwy eneth fach yn eistedd ar fainc efo'i gilydd. Pwy ydyn nhw, tybed? Mae fy meddwl i'n troi a throi, wrth geisio cofio. Siŵr iawn, Elsi a fi erstalwm ydyn nhw. Rydan ni'n dwy'n gwenu o'r darlun a fedra inna ddim peidio â gwenu'n ôl drwy'r niwl.

Rydw i'n pwyso'n ôl yn y gadair ac yn cau fy llygaid. Ond mae'r dagrau yn crynhoi ynddyn nhw a'r hen niwl 'ma'n gwrthod mynd o 'mhen i. Pam? Dydw i ddim isio trio cofio, a methu, nes bod fy mhen i bron â ffrwydro.

Mae cwsg a blinder yn fy llethu. Elsi. Elsi.

Roedd iard yr ysgol yn llawn miri a siarad a chwerthin a rhedeg.

'Ty'd i ista yn fama, Lydia, inni gael penderfynu petha.'

Mi eisteddon ni ar ben y wal.

'Mi awn ni i nyrsio ein dwy a chael lot o hwyl,' medda Elsi.

'Ond, Elsi, mae Mam yn meddwl 'mod i am aros adra a mynd i weithio mewn siop fel hi. A be wyddost ti,' mi rois i bwniad reit dda iddi, 'ella y gwna i briodi Arthur ryw ddiwrnod.'

'Ond rwyt ti'n nabod hwnnw ers pan oeddat ti'n fabi, jest. Mae o fel brawd iti.'

'Ia ... ond ...'

Doeddwn i ddim yn siŵr oeddwn i isio perthynas efo Arthur, ond roedd o'n fachgen reit hoffus, er nad oedd o'n gariad.

'Mae Mam yn ffrindia efo'i fam o, a'r ddwy'n dweud ein bod ni'n siwtio'n gilydd i'r dim.'

'Twt! I be wnei di wrando ar beth felly? Mynd i nyrsio a chael iwnifform ddel a chael trin cleifion a ballu, dyna wnawn ni. Meddylia, mi fyddwn ni'n cerdded y ward ac yn gafael yn llaw pobl wael a rhoi pigiad 'jecshion iddyn nhw, a gwenu ar y doctoriaid a chael un o'r rheiny'n gariad. Well o lawer na hen ffarmwr â'i draed ar y pridd o hyd. Be ti'n ddeud?'

'Wn i'm.'

'Dy fywyd di ydi o, 'te.'

'Ia, ond ...'

Rywsut, fedrwn i ddim meddwl am fynd i nyrsio a gadael Mam. Roedd hi a fi fel'na o glòs. A doedd ganddi hi neb ond fi am fod Dad wedi marw pan oeddwn i'n fabi, ac mi wyddwn i fod arian yn brin, a biliau a rhent isio'u talu, a Mam yn cyfri pob ceiniog o'i chyflog Siop Watkin cyn eu gwario nhw ac yn llnau i bobl weithiau, am fod arni ofn mynd i ddyled. Ond doeddwn i ddim isio siomi Elsi chwaith a hithau'n ffrind gorau i mi.

'Ga' i weld,' meddwn i'n reit llipa.

Ond anghofio am y nyrsio wnes i a mynd i weithio i Siop Watkin, yr un siop â Mam. Soniais i 'run gair am y freuddwyd nyrsio wrth Mam, rhag ofn iddi fynnu 'mod i'n mynd, a finna'n gwybod mai crafu byw roedden ni, ac y buasa fy nghyflog siop i yn gwneud byd o wahaniaeth.

'Wyt ti'n siŵr na ddoi di? Maen nhw isio nyrsys, 'sti,' medda Elsi.

'Fedra i ddim gadael Mam.'

'Wyt ti meddwl, wir, y gwnei di briodi Arthur?'

'Wn i'm. Mae Mam yn licio fo.'

'Ond ddim dy fam fydd yn ei briodi fo. Mae angen syrthio mewn cariad cyn priodi. Wyt ti'n ei ffansïo fo? Wir yr?'

'Wn i'm.'

Roedden ni'n giglan efo'n gilydd. Roedd o'n fachgen reit ddel, erbyn meddwl, ond wn i ddim fuaswn i'n ei licio fo'n ŵr imi, chwaith.

'Dim ots dy fod ti'n aros yma,' medda Elsi, o'r diwedd. 'Mi fyddwn ni'n ffrindia am byth, chdi a fi.'

Rydw i'n rhwbio fy llygaid ac yn gwenu ar y ddwy eneth fach yn y llun. Elsi a fi ydyn nhw. Elsi! Siŵr y daw hi yma'n y munud i gael te. Mi a' i ati i wneud crempogau. Mae hi'n licio'r rheiny.

Rydw i'n estyn y bowlen a'r blawd a'r siwgr. Ond does 'na ddim wyau, a fedrwch chi ddim gwneud crempog heb y rheiny. Rydw i'n cofio hynny'n iawn. Rhaid i mi fynd i'r siop. Rydw i'n gafael yn fy mhwrs ac yn cychwyn am y drws, ond mae 'na gnoc cyn imi ei agor a Sioned Drws Nesa yn dŵad i mewn.

'Mynd allan dach chi, Lydia?'

'Ia ...'

Rydw i'n edrych ar y pwrs yn fy llaw ac yn dyfalu beth i'w wneud efo fo. Roeddwn i'n mynd i rywle, am fy mod i isio ...?

'Ro'n i am ...'

'Dowch inni gael panad a theisen fach gynta,' medda Sioned.

Rydw i'n gadael iddi afael yn fy mraich a mynd â fi at y gadair.

'Steddwch am eiliad fach, Lydia.'

'Ond ro'n i am ...'

Yna, rydw i'n gweld y bowlen a'r blawd ar y bwrdd ac yn cofio. Crempogau, wyau ... Elsi.

'Mi fydd hi yma'n y munud.'

'Pwy fydd yma, Lydia?'

'Elsi, 'te. Mae hi'n licio crempog.'

Rydw i'n mynnu codi a chychwyn at y drws. Mi fydd Elsi yma cyn imi gael cyfle i wneud y grempog. Hen groeso gwael fyddai hynny.

'Fedrwch chi ddim mynd i'r siop yn eich slipas, Lydia. Mi awn ni wedyn. Wedi ichi newid.'

Rydw i'n edrych ar fy nhraed yn y slipas am hir, hir, cyn dechrau chwerthin am fy mhen fy hun. Mynd i'r siop yn fy slipas? Wel, dyna wirion ydw i.

Mae Sioned a finna'n cael sgwrs a theisen o flaen y teclyn tân 'na. Rydw i'n teimlo wedi blino braidd a fy llygaid yn mynnu cau. Roeddwn i am fynd i rywle, ond dim ots rŵan a finna wedi blino.

'Seibiant bach, Lydia,' medda Sioned.

Mae'n gysurus braf yn y gadair 'ma wedi i Sioned roi siôl dros fy nghoesau. Roeddwn i am wneud rhywbeth, ar ôl mynd i rywle, doeddwn? Mi allwn daeru fy mod i wedi rhoi powlen a phethau ar y bwrdd, ond dydyn nhw ddim yno rŵan. Doedden nhw ddim yn bwysig, mae'n rhaid.

Diar! Mae'n rhaid fy mod i wedi pendwmpian am hir, ac mae Sioned Drws Nesa wedi mynd. Mae rhyw ddynas helpu'n ôl ac wedi estyn fy nghoban a fy ngŵn nos.

'Ydi hi'n amser gwely?'

'Bron iawn, Lydia.'

Ond dydi hi ddim wedi nosi y tu allan.

'Faint ydi hi o'r gloch?'

'Hanner awr wedi chwech, Lydia.'

Ydi hanner awr wedi chwech yn amser mynd i'r gwely, tybed?

'Tamaid bach o swper ichi rŵan ac mi fyddwch yn barod am eich gwely wedyn.'

Pwy ydi hon i fy rhoi yn fy ngwely fel petawn i'n blentyn, a finna'n berffaith gyfrifol i fynd i'r gwely ar fy mhen fy hun, petai pobl ddim yn mynnu deddfu o fy nghwmpas i. Roedd gen i fywyd gwahanol erstalwm, bywyd yn llawn o bobl a phethau a'r fi sydd ar goll yn eu canol nhw. Mae düwch yn cau amdana i a'r dagrau yn powlio i lawr fy wyneb. Ble mae John?

'Be sydd, Lydia bach?'

Mae'r ddynas helpu'n gafael yn fy llaw, ond does wiw iddyn nhw gofleidio neb, meddan nhw. Yr hen aflwydd 'na eto.

'Cofio pethau weithia, a'u colli nhw wedyn. Dwi'n colli fy hun, tydw!'

Fedra i ddim dweud rhagor, achos wn i ddim cofio am bwy, na cholli pwy, heblaw fi, wnes i, er 'mod i'n ceisio gwenu arni a smalio mai salwch niwmonia sy'n ffeithio arna i. Ond mae'r cysgod du yn llechu yn fy mhen, a finna ei ofn.

'Mi fyddwch yn well yn eich gwely,' medda hi'n reit garedig. 'Newydd ddŵad adra o'r ysbyty ydach chi.'

Ond dydw i ddim isio mynd i'r gwely ar fy mhen fy hun, â'r ceisio cofio'n troi a throsi yn fy mhen, ar ben y ffaith 'mod i'n poeni fod John ar goll yn rhywle efo'r lorri 'na. Wn i ddim pam mae o mor hwyr, ond mi fydd o jest â llwgu, fel arfar.

'Oes 'na ddigon o fwyd yma?'

Mae hi'n edrych yn od arna i.

'Oes, Lydia.'

'Ia ... ond oes 'na ddigon i John?'

Nodio ddaru hi a throi i ffwrdd.

Erbyn hyn, rydw i wedi cael fy swper, ac yn fy ngwely. Roeddwn i'n poeni am rywbeth, ond dydw i ddim yn cofio am beth. Mae'r ddynas helpu wedi rhoi'r Bocs Erstalwm wrth fy ochr ac mae'r lamp yn olau ar y bwrdd bach, imi gael gweld. Dydw i ddim yn siŵr a ydw i am edrych i mewn i'r bocs heno. Ond eto, mae fy mysedd yn mynnu agor y caead, imi gael syllu ar y gorffennol.

Mae llun dyn ifanc yn pwyso ar dractor ynddo. Arthur! Rydw i'n ei gofio'n iawn. Hen foi clên, rhyw hanner cariad imi erstalwm, ond yn fwy fel ffrind. Ffrindiau ... ia, cusanu ... na. Mi gawson ni amser da, yn mynd i'r pictiwrs ac allan am dro weithiau, a'n mamau ni'n meddwl yn siŵr ein bod ni'n gariadon.

'Mae o'n hogyn caredig,' medda Mam. 'Mi wnaiff ŵr da i rywun.'

Gŵr i mi oedd ganddi dan sylw. Nodio ddaru mi, ond anghytuno tu mewn. Wrth gwrs, mae cael gŵr caredig yn bwysig, ond mae cariad yn bwysicach, tydi? Rydw i'n cofio geiriau Elsi bob tro y gwela i Arthur. Wyt ti'n ei garu fo? Wyt ti isio fo fel gŵr? Na, dydw i ddim yn caru Arthur, a dydi o ddim yn fy ngharu i chwaith, er ei fod o wedi trio fy nghusanu fwy nag unwaith, ond doedd ein calonnau ni ddim ynddi rywsut, roedd o'n fwy o dynnu coes rhwng ffrindiau na dim arall.

'Sws?' medda fo, gan afael amdana i.

'Dos o 'ma'r ffŵl,' wfftiais inna.

Mi smaliodd wneud wyneb torcalonnus.

'Wyt ti rioed yn dweud nad wyt ti'n fy licio i?'

'Ffrindiau ... ia, cusanu ... na,' meddwn i, gan roi andros o hwyth iddo.

Ac yna, un diwrnod ...

'Dwi wedi cyfarfod rhywun,' medda fo.

'Pwy?'

'Glenys.'

'Be? Merch y gweinidog newydd?'

'Ia.'

'Del, tydi,' meddwn inna.

Ond mae'r ddwy fam yn sbio'n gam fel petai rhywun wedi dwyn rhywbeth gwerthfawr oddi arnyn nhw.

'Mi gei ddŵad efo ni 'run fath,' cynigiodd Arthur.

'Yli, Arthur, dallta di, dydw i ddim yn bwriadu bod fel esgid sbâr dau gariad,' meddwn i'n bendant.

Ond chwerthin wnaeth o a 'ngwasgu ato'n gyfeillgar.

'Chdi a fi'n ffrindia, Lydia!'

'Siŵr iawn,' meddwn i.

Ond doeddwn i ddim yn tybio y byddai merch y gweinidog yn fodlon fy nghael i efo nhw o hyd.

'Ddeudis i, do,' medda Elsi. 'Fi oedd yn iawn, fel arfar.'

Mae hi a fi'n dal yn ffrindiau, er nad ydw i'n ei gweld hi mor aml â hynny. Mae hi wedi cael doctor yn gariad.

'Grêt o foi,' medda hi. 'Golygus hefyd.'

Rydw i'n rhoi llun Arthur yn ôl yn y Bocs Erstalwm ac yn cau fy llygaid. Ella y gwela i Elsi fory.

Fedra i ddim cysgu, am fy mod i'n troi a throsi, am fod pethau'n gwibio'n rhibidirês trwy fy meddwl ac yn ymladd eu ffordd trwy'r niwl.

Pam ydw i yma ar fy mhen fy hun fel hyn, deudwch? Lle mae John? Mi wnes i frecwast bacwn ac wy iddo y bore 'ma a'i siarsio i ddod adra'n ddigon buan a ninna'n mynd at Arthur a Glenys i swper. Un dda ydi Glenys am wneud bwyd. Sgram go iawn bob tro. Mae'n rhaid bod Arthur a hithau wedi priodi rywdro, a finna ddim yn cofio.

Fuon ni ddim yno am swper neithiwr, chwaith. Rhaid imi ffonio Glenys i ymddiheuro a dweud wrthi fod John wedi gweithio'n hwyr efo'r lorri 'na eto.

Mae'n well imi godi a ffonio rŵan rhag ofn imi anghofio.

Rydw i'n gwisgo fy slipas a chychwyn am y landin. Mae golau bach yn y nenfwd yno. Y ddynas helpu 'na wedi'i adael o ymlaen, debyg. Dydi edrych ar ôl y geiniog yn golygu dim i rai fel hi. Gwario arian pobl heb falio affliw o ddim.

Pam mae hi'n dywyll i lawr yn y lobi? Ella y dylwn i fynd yn ôl i 'ngwely. Rhyfedd, mae fy nghoesau'n teimlo'n wantan. Siŵr iawn, cofio rŵan. Mi ddeudodd y ddynas helpu 'mod i wedi cael niwmonia. Be oeddwn i am ei wneud yn y tywyllwch lawr grisiau 'ma? Berwi'r tegell a gwneud panad, ella. Lle mae'r swits? Mae 'na un yn rhywle, ond fy mod i'n methu cael gafael arno fo. Rydw i'n palfalu i fyny ac i lawr y wal nes i fy mysedd gyffwrdd ynddo. Tybed oeddwn i am wneud panad? Un iawn efo dipyn o liw arni. Ond does gen i fawr o flas am un. Mi eistedda i yn y gadair i ddisgwyl am John.

Rydw i'n pwyso 'mhen yn ôl ac yn cau fy llygaid. Mae'r erstalwm yn llenwi fy meddwl a'r niwl rhyfedd 'na'n clirio chydig. Wel, siŵr iawn, cofio am Arthur a Glenys roeddwn i. Hen ffrindiau, 'te!

Mae hi'n oer i lawr y grisiau 'ma, heb i'r tân pitw brynodd John fod ymlaen. Rhaid imi gofio dweud wrtho am brynu un arall. Rydw i'n taenu siôl dros fy nghoesau, ond does 'na fawr o gynhesrwydd ynddi. Mae fy nwylo'n grepach oer, er imi eu rhoi nhw o dan y siôl. Pryd ddaw John adra, tybed?

Rydw i'n pendwmpian yn y gadair, er fy mod i'n rhynllyd. Ond dydw i ddim am godi i roi'r tân ymlaen. Mae'n ormod o drafferth a finna'n syrthio i hanner cwsg rhyfedd ac yn cofio … darlun ar ôl darlun, a finna'n ail-fyw …

Yr amser hwnnw yn siop Pethau Del a finna'n chwilio am ddillad ar gyfer priodas Arthur a Glenys. Sôn am strach! Lwcus bod Sioned Drws Nesa yn berchen yn rhannol ar y siop ac yn gofalu'n dda am ei chwsmeriaid. Roedd hi'n estyn dilledyn ar ôl dilledyn imi edrych arnyn nhw, nes bod fy mhen i'n troi ac Elsi'n ochneidio bob yn ail anadl. Doedd gen i ddim llawer o arian i'w sbario, ond roedd Sioned yn estyn ac ailestyn, nes y gwelais i'r union ddillad roeddwn i'n eu ffansïo a'r rheiny am bris rhesymol.

'Diolch byth,' medda Elsi, gan feddwl anelu am y drws.

'Sgidia rŵan,' meddwn i.

Mi eisteddodd Elsi'n chwat, a golwg llond bol ar ei hwyneb.

Ond roedd Sioned yn barod i helpu unwaith eto.

'Stoc fechan sydd ganddon ni,' medda hi, 'ond dwi'n siŵr fod 'na rai sy'n gweddu.'

Mi ddangosodd sgidiau sodlau uchel, rhai digon o ryfeddod, imi.

'Lydia,' rhybuddiodd Elsi. 'Wisgaist ti rioed sodlau fel'na o'r blaen.'

'Tro cynta i bob dim, does,' meddwn inna'n llawn hyder.

'Gweddu i'r dim efo'r dillad,' medda Sioned.

Roeddwn i ar ben fy nigon yn gadael y siop.

Rhaid imi fynd i chwilio am y sgidiau sodlau uchel rheiny wisgais i yn y briodas. Maen nhw yma yn rhywle, tydyn? Rydw i'n hanner codi o'r gadair ond mae hi'n oer a fy nwylo'n dal yn grepach, a finna mewn breuddwyd ryfedd, yn cofio ac ail-fyw a chrynu bob yn ail. Mae golau'r nenfwd ymlaen gen i, ond mae hi'n dechrau goleuo y tu allan. Bore arall, debyg. Ond does gen i ddim awydd codi i agor mwy ar y llenni. Rydw i'n rhy oer.

Mae breuddwyd o atgof yn fy mhen eto. Cofio'r diwrnod braf hwnnw a'r haul yn tywynnu a finna yn fy nillad swel. Siwt las efo blows wen a'r sgidiau sodlau uchel am fy nhraed, yn teimlo'n rêl brenhines.

'Mi ddylet ti fod wedi cerdded rownd y tŷ am ddyddiau ynddyn nhw,' rhybuddiodd Elsi y diwrnod hwnnw. 'Mae'n wirion gwisgo sgidiau uchel heb bracteisio.'

'Roeddan nhw'n iawn yn y siop.'

'Mae gwahaniaeth rhwng pum munud yn y siop ac oriau mewn priodas, dallta di!' medda hi.

Roeddwn i'n simsan ac yn diodda poen efo pob cam, fy nhraed yn llosgi'n boeth a swigen enfawr yn lledaenu ar fy sawdl.

'Gafael yn fy mraich i,' gorchmynnodd Elsi, wedi colli 'mynedd, wrth fy ngweld i'n simsanu.

Ond wnes i ddim gwrando, dim ond camu 'mlaen ... a dyma fi'n troi 'nhroed a syrthio'n syth i freichiau dyn tal, diarth.

Roeddwn i'n boeth o gywilydd.

Ond doedd dim rhaid imi gywilyddio. Roedd o'n chwerthin ac yn gafael yn dynn amdana i ac yn anadlu yn fy nghlust ac yn dweud pethau chwareus, pryfoclyd a finna'n colli fy hun yn ei lygaid.

'A be 'di enw'r ferch olygus 'ma syrthiodd i 'mreichiau i?' holodd.

'Yli,' rhybuddiodd Elsi, yn ddiweddarach, 'cadw'r Rolant meddwl-ei-hun 'na hyd braich. Mae o'n rhy ffals o lawer.'

Ond wnes i ddim gwrando arni. Roedd fy nghalon i'n drybowndio, a fedrwn i ddim peidio ag edrych arno a gwenu, a gwenu, wrth feddwl fy mod wedi bod yn ei freichiau.

Doedd waeth am rybudd Elsi. Roedd fy nghalon ar dân, a finna wedi gwirioni wrth ddychmygu dyfodol cariadus. Jest fo a fi, 'te!

'Rwyt ti wedi colli dy ben, yr hurtan wirion,' medda Elsi. 'Pwy ydi o, beth bynnag? Dydi o ddim o ffor'ma, nac'di?'

Pa ots am hynny, meddyliais. Roedd o mor wahanol, yn sialens rywsut, ac yn gwneud imi deimlo fel yr eneth dlysaf yn y byd mawr crwn.

Mi aeth Elsi i holi Arthur.

'Ffrind … i ffrind,' eglurodd Arthur. 'Nabod rhywun o ochr Glenys.'

Ond doedd dim ots gen i mai ffrind i ffrind oedd o, na bod neb yn gwybod llawer amdano. Gofynnodd imi fynd am dro yn y car efo fo, ac roeddwn i'n canu tu mewn, waeth faint rybuddiai Elsi.

I mi, Lydia, y gofynnodd o … y Rolant diarth, gwahanol 'ma, efo'i siwt grand a'i gar to agored a hwnnw'n rhuo i'r pentref, wythnos ar ôl wythnos wedyn, a mynd â fi am ddreif â'r gwynt yn chwyrlïo'n gorwynt trwy fy ngwallt a finna'n chwerthin ac yn mwynhau fy hun, a byw pob munud i'r eithaf.

Yna, Rolant yn fy nghusanu nes oeddwn i'n llosgi drostaf a'i ddwylo'n crwydro i fyny ac i lawr fy nghorff a finna'n fflamau trwyddaf ac yn ysu … wyddwn i ddim am beth. Wnes i ddim meddwl am y dyfodol, y rŵan efo Rolant oedd yn bwysig. Ond eto, er iddo ofyn a gofyn, fedrwn i ddim mentro caru 'mhellach, fel roedd o isio.

'Os ydan ni'n caru ein gilydd,' sibrydodd, dro ar ôl tro, ei lais yn gariadus yn fy nghlust. 'Tro nesa, ia?'

Wnes i ddim dweud wrth Elsi 'i fod o'n pwyso arna i. Fy nghyfrinach i oedd hynny, a doedd hi ddim yn ei licio fo, p'run bynnag.

'Rhyngddat ti a dy betha,' rhybuddiodd. 'Difaru fyddi di am ymddiried yn hwnna.'

Rŵan, mae dagrau oer ar fy wyneb wrth imi gofio. Rydw

i'n gogrwn yn anystwyth yn y gadair. Fedra i ddim aros eiliad yn rhagor. Rhaid imi fynd i ddweud wrth John be ddigwyddodd.

Ond dydi John ddim yma. Mae o'n gweithio'n hwyr eto, mae'n rhaid. Mi fuasa'n dda gen i petai o'n chwilio am waith arall. Ond, dyna fo, dreifar lorri fu o erioed, yn trafaelio i fyny ac i lawr y wlad 'ma a 'ngadael inna ar fy mhen fy hun. Ond does dim ots gen i, chwaith. Rydw i wedi hen arfar.

Mae'n rhaid fy mod i wedi pendwmpian am sbelan. Mae 'na gnoc ar y drws a llais ...

'Ww-ww! Fi sy 'ma!'

Mae'r ddynas helpu'n edrych yn syn arna i.

'Lydia! Be dach chi'n da yn y gadair 'na? Ma' siŵr eich bod chi jest â rhynnu!'

Mae hi'n tanio'r tân trydan, ac yn brysio i chwilio am flanced at y siôl sydd gen i eisoes, ac yn fy lapio ynddyn nhw cyn gwneud panad.

Ond rydw i'n oer at fêr fy esgyrn a 'mysedd yn gymalau anystwyth.

'Dowch imi ddal y gwpan ichi. Llymaid bach rŵan, Lydia. Mi deimlwch yn well mewn dim.'

Ond rydw i'n fferru y tu mewn ac yn methu peidio â chrynu. Mae hi'n llenwi potel ddŵr poeth ac am imi fynd i'r gwely i gynhesu'n iawn, medda hi. Ond mae'n well gen i yn y gadair 'ma, heb symud cam.

Rydw i'n teimlo'n well rŵan, â'r siôl a'r flanced yn dynn amdana i a photel ddŵr poeth ar fy nglin.

'Panad arall,' medda'r ddynas helpu.

'Pa 'run dach chi?' holaf.

Rhai fel hi sydd 'ma bob dydd, nhw â'u mygydau, ond eu bod nhw'n newid a dydw i ddim yn cofio'i gweld hi o'r blaen. Ond rhai fel hi sydd yma o hyd a finna wedi colli cownt.

'Gwen ydw i. Fi sy yma heddiw.'

Wel ia, siŵr iawn, hi sydd yma, a hithau'n sefyll reit o flaen fy nhrwyn i.

'Ydach chi'n well rŵan, Lydia? Be am awr fach yn eich gwely?' medda hi eto. 'Mi ddo' i â brecwast ichi yno.'

Wrth gwrs 'mod i'n teimlo'n well. Be sydd ar y ddynas? Holi er mwyn holi. Disgwyl John ydw i.

'Ydw, yn well, siŵr,' meddwn i.

'Gwely am chydig fuasa orau ichi.'

'Dwi'n iawn yn fama, dydw! I be a' i yn ôl i 'ngwely a John ar fin dŵad adra?'

'Ond, Lydia, dydach chi ddim wedi molchi na gwisgo. Mae'n well inni fynd yn ôl i fyny'r grisiau.'

Does 'na ddim llonydd i rywun yn ei dŷ ei hun. Rydw i'n codi'n bur anniddig ac yn dringo'r grisiau, stepan wrth stepan araf. Os na fydd y ddynas helpu 'ma'n ofalus mi gaiff hi bryd o dafod, er nad ydw i'n un am fod yn annifyr efo neb. Mi siarsiodd Mam fod angen bod yn fanesol a chwrtais bob amser, pan ddechreuais i weithio yn rhywle. Fedra i ddim cofio lle, chwaith, ond mae o yn fy mhen i.

Ta waeth. Erbyn hyn rydw i yn y gwely â'r dŵfe drostaf yn glyd. Mae'r botel ddŵr poeth yn gynnes braf wrth fy nghefn a'r hambwrdd brecwast o fy mlaen.

'Bwytwch o rŵan,' siarsia'r ddynas helpu.

Ond mae'r Bocs Erstalwm wrth fy ochr a 'mysedd inna'n crwydro tuag ato i chwilio am bopeth gollais i yn y niwl. Rydw i'n byseddu a phalfalu yng nghanol y lluniau.

Dyma lun arall! Mae'r niwl yn clirio chydig wrth imi edrych arno, a finna'n cofio.

Siop Watkin. Fanno fûm i'n gweithio. 'Run lle â Mam. Rydw i'n cofio popeth, fel tasa fo'n ddoe.

'Lydia,' rhybuddiodd Mam y bore cyntaf hwnnw. 'Rhaid bod yn gwrtais efo'r cwsmeriaid, waeth sut rwyt ti'n teimlo.'

'Iawn,' meddwn i.

Ond fedrwn i ddim peidio â meddwl am Elsi wedi mynd i nyrsio, a finna wedi gwrthod mynd ... a tybed oeddwn i am licio gweithio yn Siop Watkin a chael Mr Watkin â'i lygaid arna i trwy'r dydd. Ond roedd Mam yno efo fi, ac yn gofalu 'mod i'n dysgu trin y til a dysgu ble oedd popeth, a rywsut, mi wnes i fwynhau'r diwrnod.

'Wyt ti'n difaru?' holodd Elsi, pan welais hi wedyn.

'Nac'dw,' meddwn i, er bod rhan fach ohona i'n dotio wrth weld iwnifform nyrsio Elsi a dychmygu'r hwyl gâi hi yng nghanol doctoriaid, a'r rheiny i gyd yn gwneud llygaid bach arni ... neu dyna oedd Elsi yn frolio, efo sbarc direidus yn ei llygaid.

'Hwyl yno, cofia,' medda hi.

Ond fy newis i oedd gweithio yn Siop Watkin, ac wrth gwrs, doeddwn i ddim yn difaru. Yn nac oeddwn?

Mae'r cofio wedi diflannu yn y niwl eto.

Wn i ddim pam rydw i'n cael brecwast yn fy ngwely chwaith. Dydw i ddim yn sâl, dim ond 'mod i wedi oeri yn y gadair 'na, a does wybod am ba hyd y bûm i yno, medda'r ddynas helpu.

Rydw i'n gorwedd yma efo'r botel ddŵr poeth a phanad arall ar y bwrdd bach wrth ochr y gwely, a'r Bocs Erstalwm yn agored a finna'n cofio. Braf, 'te! Ella fod yn well imi aros yma am chydig i gofio rhagor. Jest nes daw John adra.

Mi fûm i'n sâl mewn gwely erstalwm, a Mam yn gofalu amdana i. Roedd gen i smotiau gwyn yn fy ngwddw a Mam yn anfon am Doctor Preis. Roedd ganddo fo ddwylo oer a llais mawr.

Rydw i'n palfalu yn y Bocs Erstalwm eto ac yn gafael mewn llun cath fach yn dorchen gron ar glustog. Mae'r niwl yn clirio fymryn wrth imi edrych arno, a finna'n cofio fy hun yn eneth fach. Mi ges i Jini'r gath, hon sydd yn y llun, pan oedd hi'n ddim o beth. Del oedd hi hefyd, efo clewtiau du a gwyn yn chwarae mig ar ei chorff. Cofio Elsi'n dŵad i'w gweld.

'Braf arnat ti,' medda hi. 'Sgynnon ni ddim cath.'

Mae rhieni Elsi'n ffraeo o hyd a hithau'n dŵad i'n tŷ ni i gael dipyn bach o lonydd. Mi fydd golwg ddigalon arni weithiau, ond mae hi'n cymryd arni nad oes ots ganddi. Mae ganddi hi dad a mam ond dim ond mam sydd gen i. Dim ots gen i, chwaith.

'Mi fydda i'n dianc o'r lle 'ma wedi imi dyfu i fyny, yli,' medda Elsi. 'Dydw i ddim isio gwrando arnyn nhw'n rhefru ar ei gilydd.'

Rydw i'n ysgwyd fy mhen a gwenu wrth gofio llais Elsi. Mae'r ddynas helpu uwch fy mhen i unwaith eto, isio clirio'r hambwrdd brecwast.

'Jini ydi hon,' medda fi wrthi, gan ddangos y llun iddi. 'Fy nghath fach i.'

'Del,' medda hi.

Ond does ganddi ddim amser i sylwi'n iawn. Mae hi ar dân isio gorffen a mynd.

'Mi wnes i grempogau i Elsi ddoe. Wedi dŵad i weld Jini'r gath fach oedd hi. Rhyfedd, roedd hi ar frys isio mynd i rywle wedyn.'

'Oedd hi?' medda'r ddynas helpu, yn ddigon didaro, gan lygadu'r cloc bach glas ar y bwrdd gwisgo.

Mae hi'n rhy brysur yn meddwl am y cwsmer nesa, debyg. Tybed ydw i'n gwsmer iddi? Mae cwsmer yn talu am bethau, mi wn i hynny. Sgwn i ydw i'n talu iddi am helpu? Mi fydd Sioned Drws Nesa'n gwybod.

'Rhai da oedd y crempogau hefyd,' medda fi. 'Roedd Elsi wrth ei bodd.'

Rydw i'n cau'r Bocs Erstalwm ac yn gollwng fy hun ar y gobennydd, a meddwl am y brecwast gefais i yn y gwely 'ma. Uwd ffwrdd-â-hi o baced oedd o, ddim hanner cystal â'r uwd fydda i'n ei wneud i John. Roedd 'na lympiau ynddo fo, ond dydw i ddim am gwyno, er 'mod i wedi gadael pob lwmp ar ochr y plât, iddi gael gweld 'mod i wedi sylwi. Debyg na chafodd hi rioed ei dysgu i wneud uwd iawn mewn sosban.

Mae hi'n stwyrian yn aflonydd yma ac acw o gwmpas y llofft, yn smalio bod yn brysur. Waeth iddi fynd ar ei thuth gwyllt ddim. Mi olcha i'r llestri wedi imi godi.

'Rhaid imi fynd rŵan, Lydia,' medda hi o'r diwedd. 'Arhoswch yn ei gwely am chydig,' gorchmynna, a charlamu i lawr y grisiau efo'r hambwrdd. Mi fydd wedi lluchio'r llestri i ddŵr sebon, ac wedi sgwennu yn y ffeil 'na, wn i ddim pam, a rhuthro allan trwy'r drws ffrynt wedyn.

Mae hi'n galw o waelod y grisiau ar ei ffordd allan.

'Cofiwch aros yn fanna am chydig. Mi fydda i yma eto amser cinio. Sori am y brys, ond rydw i ar ei hôl hi'n drybeilig.'

Mae hi'n ddistaw yn y tŷ 'ma rŵan a finna'n dyfalu beth i'w wneud. Mae'r cloc bach glas yn dangos ... rhywbeth o'r gloch. Does wiw imi aros yn fy ngwely, a finna'n ddynas brysur.

Pa 'brysur' sydd gen i heddiw, tybed? Rydw i'n codi ac yn mynd at y ffenest. Mae'r postman y tu allan, a'i fan goch o wrth ddrws Sioned Drws Nesa. Tybed fydda i'n cael rhywbeth trwy'r post weithiau? Dydw i ddim yn cofio. Ond jest rhag ofn, rydw i'n gwisgo amdanaf. Wnes i ddim molchi. Dim amser, siŵr, â'r postman wrth y drws.

O'r diwedd, rydw i'n cyrraedd i lawr y grisiau. Mae fy nghoesau'n teimlo'n wantan a bodiau fy nhraed yn biws oer ar lawr y stafell ffrynt. Mae'r ewinedd yn teimlo'n rhyfedd, fel petaen nhw'n perthyn i draed rhywun arall, ac yn bachu yn y carped. Tybed ddylwn i wisgo sanau a slipas? Mi fydd Sioned Drws Nesa'n gwybod. Ond roeddwn i ar frys i wneud rhywbeth, wn i ddim be, brecwast neu ginio, ella, gan fod John wedi mynd i'w waith efo'r lorri 'na a finna yma ar fy mhen fy hun. Gafodd o frecwast cyn gadael, tybed?

Dim ots am y llestri sydd yn y sinc. Rydw i'n diolch am gael eistedd yn fy nghadair unwaith eto. Mae'n ormod o drafferth gen i blygu i gynnau'r tân pitw 'ma. Wn i ddim pam y prynodd John beth mor ddi-ddim. Tân fflamau iawn rydw i'n ei hoffi. Mi fedrwch gynhesu o flaen hwnnw.

Mae'r tŷ 'ma'n ddistaw wedi i'r ddynas helpu fynd. Rydw i'n edrych ar y cloc – mae'r bysedd rownd-a-rownd yn dweud rhywbeth. Tybed ydi hi'n amser agor y siop? Fi sy'n agor Siop Watkin bob bore. Diar, mi fydd y cwsmeriaid yn tyrru wrth y drws. Rhaid imi frysio.

Ond cyn imi godi, mae Sioned Drws Nesa yn cyrraedd.

'Dwi'n hwyr, a heb agor y siop,' medda fi, gan godi ac anelu at y cwpwrdd dillad yn y lobi. 'Mi fydd Mr Watkin yn fflamio.'

Ond mae Sioned yn gafael yn fy mraich.

'Does dim angen mynd heddiw,' medda hi, gan fy arwain yn ôl at y gadair a phlygu i roi'r tân 'na brynodd John ymlaen. 'A be am eich slipas chi, Lydia?'

Siŵr iawn, eu hanghofio nhw wnes i. Does rhyfedd fod fy nhraed yn oer. Rydw i'n eistedd yn y gadair tra mae Sioned yn nôl y slipas imi, ac yn dechrau chwerthin. Am fynd i weithio roeddwn i, 'te? Gwirion! Dydw i ddim yn gweithio yn y siop ers oesoedd, siŵr iawn. Anghofio wnes i.

Dydi Sioned Drws Nesa ddim am aros.

'Isio gwneud negas inni'n dwy,' medda hi. 'Oes 'na rywbeth arbennig ydach chi isio?'

'Teisen gyraints,' medda fi'n syth. 'Un o'r rheiny efo trwch o gyraints yn y canol.'

'Mi fydda i'n ôl cyn gynted ag y medra i, ond mae popeth o chwith efo'r Covid 'ma,' medda hi. 'Isio gwisgo mwgwd a chadw pellter a ballu. A finna wedi gorfod cau'r siop am chydig.'

Pa siop? Siop Watkin, tybed? Wn i ddim. Yna rydw i'n cofio. Mae Sioned Drws Nesa yn berchen yn rhannol ar siop ddillad. Enw neis arni, rhywbeth fel …?

'Be 'di enw'ch siop chi, Sioned?'

'Pethau Del, Lydia.'

Siŵr iawn. Cofio rŵan. Mi fûm i yno rywdro, yn prynu rhywbeth, ond dydw i ddim yn cofio be oedd o chwaith, a dydw i ddim isio gofyn. Peth annifyr fuasa cyfadda 'mod i wedi anghofio.

Mae siop Pethau Del Sioned ar gau nes bydd yr hen aflwydd 'ma drosodd, medda hi. Rydw i'n pedroni wedi iddi fynd. Ond er imi chwilio fy mhen niwlog, fedra i ddim cofio prynu rhywbeth yno.

Fedra i ddim dallt. Rydw i'n cofio pethau am bwt ac yn eu hanghofio nhw wedyn ac mae'r cyfan yn mynd a dŵad ac yn troi a throi yn blith draphlith, rwtsh glân yn y niwl sy'n llenwi fy mhen. Be sydd arna i, deudwch? Does neb yn dweud dim am salwch, heblaw sôn am ryw niwmonia ges i, a gwneud dim ond brygowtha: codi rŵan … brecwast … eistedd yn y gadair … bwytwch … gwely … a finna, sydd wedi bod yn ddynas brysur erioed, ar goll yn eu canol nhw. Ond mi fydda i'n ddynas brysur unwaith eto, pan ddaw John adra.

Mae bywyd yn rhyfedd, tydi. Wedi mynd oddi ar ei echel. Isio cadw pellter, a'r merched helpu 'ma ofn cofleidio rhywun a siopau'n cau a phawb yn cadw draw, meddan nhw, a finna wedi colli fy hun yn ei ganol o.

Mae'r ffôn yn canu.

'Ia,' medda fi.

'Mrs Lydia Parry?' medda rhyw ddyn.

'Ia,' medda fi'n ôl.

'This is an emergency call, Madam. Your bank account has been compromised … hacked.'

'What?' medda fi, yn cofio fy Saesneg.

'Madam! Your bank account has been hacked. You will lose all your money unless you take action at once.'

'Why?' holaf yn ddryslyd.

Mae'r dyn yn codi ei lais.

'Your bank account, Madam. You are going to lose your money. All of it.'

'He's not home,' medda fi.

'Who's not home?'

'John.'

Mae'r dyn yn colli'i limpin braidd.

'You *must* move your money.'

Dydw i ddim am symud fy arian i neb.

'Peidiwch â siarad lol,' medda fi.

'Pwy sy 'na, Lydia?' hola Sioned, wrth ddŵad trwy'r drws.

'Rhywun isio imi symud fy arian.'

Mae Sioned yn gollwng y bagiau negas ac yn rhuthro am y ffôn.

'Who is it?' gofynna. 'What do you want?'

Does dim ateb.

'Get lost!' gwaedda, gan ollwng y ffôn i'w le fel petai o'n chwilboeth.

'Oeddech chi'n ei nabod o?' holaf.

'Clywed digon am rai 'run fath â fo,' medda hi. 'Lladron digywilydd, bob un ohonyn nhw.'

'Oes 'na lot ohonyn nhw?'

'Gormod o'r hanner. Rhowch y ffôn i lawr arnyn nhw, Lydia. Mae pobl fel'na'n trio twyllo o hyd.'

'Os dach chi'n dweud,' cytunaf.

Er, roeddwn i wedi mwynhau clywed llais ar y ffôn. Fydd 'na neb yn ffonio rŵan, nac yn galw i gael sgwrs. Y Coronorhywbeth 'na, debyg, a dydach chi ddim isio bod yn anfoesgar pan gewch chi alwad ffôn. Roedd o'n swnio'n foi reit neis, nes y dechreuodd o sôn am symud fy arian i. Ond Sioned sy'n gwybod orau.

Rydw i'n mwynhau'r deisen gyraints ac yn ceisio anghofio am y lleidr ar y ffôn. Mae Sioned wedi dweud y drefn wrtho fo, felly mae popeth yn iawn.

'Panad a theisen,' medda hi, gan wenu.

Mae'n braf, cael panad yma wrth y tân efo Sioned er nad oes fawr o wres yn dŵad ohono fo. Mi fydd John adra toc, siawns, ac mi fydda i'n dweud wrtho am brynu un newydd. Un iawn efo lot o wres. Does ond gobeithio fod digon o fwyd iddo pan ddaw. Mi fydd yn rhaid imi ddweud wrtho am y lleidr 'na ar y ffôn, hwnna oedd isio imi symud fy arian. Hen gena, 'te!

Mi gyrhaeddodd y ddynas helpu cyn i Sioned Drws Nesa

adael. Roedd y ddwy geg yn geg yn y gegin, yn trafod rhywbeth. Wn i ddim be. Ond mi glywais rywbeth am 'jest â rhynnu' ac 'yn y gadair'. Roedd golwg reit boenus ar Sioned pan ddaeth yn ôl ata i, ond ddywedodd hi ddim byd. Am bwy roedden nhw'n siarad, tybed?

Bacwn ac wy ges i i ginio gan y ddynas helpu, ond doedd gen i ddim llawer o stumog wedi imi gael teisen gyraints efo panad Sioned. 'Helô' a 'ta-ta' ydi hi efo'r merched helpu 'ma, a chymerodd dynas helpu heddiw fawr o sylw o'r gweddillion ar fy mhlât, dim ond sgubareiddio popeth am y dŵr sebon, sgwennu yn y ffeil a'i gwadnu hi o 'ma wedyn. Maen nhw wedi dŵad, ac wedi mynd, cyn imi'u gweld nhw bron, ond maen nhw'n gwneud eu gorau, er eu bod nhw ar ras. Mae pobl isio help o fore gwyn tan nos, meddan nhw.

Synfyfyrio yn y gadair 'ma ydw i eto. Mae'r oriau'n hir a finna'n unig heb John. Ond mi fydd popeth yn iawn pan ddaw o. Mi gawn ni banad efo'n gilydd. Rydw i am agor y Bocs Erstalwm eto heno. Mi wnaiff John edrych trwy'r lluniau a chofio pethau imi.

Fedra i ddim atal y dylyfu gên wrth eistedd yn ddi-ddim yn gwrando ar y teledu'n paldaruo yn y gornel. Does gen i ddim diddordeb ynddo fo. Ond does gen i ddim arall i'w wneud heblaw edrych ar y dwylo segur ar fy nglin a dyfalu pryd y byddan nhw'n brysur eto. Mae'r pnawn yn hir a finna'n cysgu ac yn effro bob yn ail, ac yn disgwyl John.

Mae'r drws yn agor. Sioned Drws Nesa sydd 'na.

'Jest galwad sydyn, Lydia. Panad fach ichi a gweld tybed ydach chi isio rhywbeth eto.'

Isio rhywbeth eto? Rydw i isio fi fy hun yn ôl, dyna be ydw i isio. Ond fedar neb helpu a finna'n treulio dyddiau yma'n dyfalu a chwilota 'mhen a phendwmpian cysgu ... ar ben fy hun trwy'r amser.

Biti ei bod hi ar frys. Mi fuaswn i'n licio siarad uwchben y banad. Ond does neb yn aros yn hir yma, dim ond dŵad a'i gwadnu hi o 'ma wedyn.

Rydw i'n llymeitio'r banad ac yn bwyta'r fisgeden siocled adawodd Sioned, ac yn gwingo'n annifyr. Mi fydd John yn chwerthin pan ddeallith fy mod i wedi eistedd yn y gadair 'ma trwy'r dydd.

'Segura, Lydia?' ddywedith o'n syn.

Mi fuasa'n well imi godi a gwneud rhywbeth. Dydw i ddim wedi tacluso 'run o ddrôrs y seidbord ers oesoedd. Mi a' i ati rŵan. Rydw i'n edrych ar y taclau tu mewn. Tybed ai fi sydd piau nhw i gyd? Maen nhw'n edrych yn ddiarth iawn i mi, yn union fel pethau rhywun arall.

Rydw i'n eu tynnu allan, un ac un, ac yn eu gollwng ar y carped. Be oeddwn i am ei wneud efo nhw? Rydw i wedi anghofio, ond mi fydd Sioned Drws Nesa yn gwybod.

Rydw i'n gadael y taclau ar y llawr ac yn eistedd yn ôl yn y gadair.

Mae rhyw ddynas helpu wedi cyrraedd. Un arall ydi hon.

'Carys ydw i,' medda hi. 'Dach chi'n fy nghofio fi, Anti Lydia?'

Anti Lydia! Ers pryd ydw i'n Anti Lydia i ddynas helpu? Rydw i'n chwilota tu mewn i'r pen rhyfedd 'ma sy gen i.

'Fuoch chi yma o'r blaen?' holaf.

'Tro cynta, Anti Lydia,' medda hi.

Anti Lydia? Rhyfedd, 'te! Mae hi'n penlinio wrth fy nghadair.

'Merch Glenys ac Arthur ydi. Roeddach chi ac Yncl John yn arfar dŵad i tŷ ni am swper pan oeddwn i'n ifanc, doeddach? Dach chi'n cofio?'

Cofio? Siŵr iawn 'mod i'n cofio Glenys ac Arthur. Roedden ni'n ffrindiau. Ond pwy ydi hon?

'Bychan oeddwn i'r adeg honno.'

'Ia?'

'Roedd gen i ddoli efo ffrog binc, a chitha wedi gwau cardigan fach wen iddi,' medda hi.

'Wnes i?'

'Ro'n i'n canu lwli bei iddi, Anti Lydia, er mwyn iddi gysgu.'

Mae hi'n mwmian canu a finna'n dechrau mwmian efo hi, ac yn cofio.

'Siŵr iawn,' medda fi. 'Roedd 'na eneth fach efo gwallt tywyll. Perthyn i Glenys ac Arthur. Del oedd hi hefyd.'

'Fi oedd hi, Anti Lydia.'

'Ia?'

Rydw i'n edrych arni ac yn ysgwyd fy mhen.

'Gwallt melyn sydd ganddoch chi.'

'Melyn lliw potel ydi hwn,' medda hi, gan chwerthin. 'Ylwch,' medda hi wedyn. 'Rydw i wedi dŵad â threiffl bach ichi. Mam wedi'i wneud o ac yn cofio atoch chi.'

'Lle mae Arthur? Roedden ni'n hanner cariadon erstalwm.'

'Oeddach chi? Rydan ni wedi colli Dad ers blwyddyn bellach, Anti Lydia. Cael trawiad ar ei galon wnaeth o.'

Dydw i ddim yn siŵr a ydi hi'n dweud y gwir. Ella mai cywilydd sydd ganddi am eu bod nhw heb alw i 'ngweld i a finna wedi cael niwmonia.

Mae hi'n plygu i gadw'r pethau yn y drôr.

'Isio cadw'r rhain oeddach chi?'

Dydw i ddim yn cofio pam maen nhw ar y llawr. Tybed oes rhywun wedi bod yn chwilio am rywbeth?

Mae hi'n gwneud brechdanau caws ac yn sleisio tomato efo

nhw ar y plât i swper. Does gen i ddim i'w ddweud wrth domato. Mae isio llwyth o halen ar ei ben o, neu fydd 'na ddim blas arno.

Ond mae'n well imi eu bwyta nhw am mai merch Glenys ac Arthur ydi hi, er bod ei gwallt hi'n felyn yn lle du. Sgwn i pam mae hi'n dweud eu bod nhw wedi colli Arthur? Fedrwch chi ddim colli ffarmwr, na fedrwch? Mae o'n gweithio adra o hyd, ddim fel fy John i, ar hyd a lled y wlad.

Mae dagrau yn llenwi fy llygaid. Adra ddylai John fod, nid yn crwydro o siop i siop efo'r hen lorri 'na, a 'ngadael inna i ddisgwyl a hiraethu.

Mae'r Carys 'ma ar ras wyllt fel pob dynas helpu arall, ac isio imi baratoi am y gwely.

'Rhaid i mi roi traed dani, Anti Lydia. Angen mynd i ragor o dai cyn imi orffen heno.'

Rydw i'n gwisgo fy nghoban yn reit ufudd ac yn setlo yn y gwely efo'r Bocs Erstalwm.

'Mae Glenys ac Arthur yn fama,' medda fi wrthi.

Ond does ganddi ddim amser i edrych ar luniau. Biti. Wn i ddim beth sydd arnyn nhw, wir. Dim amser i ddim.

'Wela i chi eto, Anti Lydia,' medda hi, ac i ffwrdd â hi.

Mi feddyliais am y treiffl wedi iddi fynd. Un da oedd o hefyd. Ella y bydd ganddi un arall fory.

2.

Rydw i'n gorwedd yn fy ngwely, yn edrych ar y craciau sydd ar y nenfwd uwch fy mhen. Rydw i'n eu dilyn nhw efo fy llygaid ac yn dyfalu i ble maen nhw'n mynd. Maen nhw'n union fel fi. Dydw inna ddim yn gwybod ble rydw inna'n mynd, chwaith.

Rydw i'n unig yma ar fy mhen fy hun, a'r bobl helpu'n dŵad yma i fusnesu yn fy mhethau fi a'i heglu hi o 'ma wedyn. Ar yr hen niwmonia 'na mae'r bai, ac ar ryw aflwydd sydd o gwmpas y tu allan. Ond mae gen i ofn y gwacter niwlog yn fy mhen a'r cysgod du sydd ar yr ymylon. Rydw i'n anghofio pethau, ac yn gwybod hynny hefyd. Ond fedra i ddim egluro i bobl. Maen nhw'n rhy brysur i wrando.

Rydw i'n ceisio dal fy ngafael ynof fi fy hun, y Lydia honno oeddwn i erstalwm, ond rywsut, mae hi'n mynnu llithro i rywle. Wn i ddim i ble, ond rydw i'n siŵr ei bod hi yma, y tu mewn imi, taswn i ond yn cael gafael arni. Peth od ydi teimlo'ch bod chi ar goll y tu mewn i chi eich hun.

Rydw i'n edrych ar y Bocs Erstalwm ar y gwely. Rydw i'n ddiogel yn hwn. Fedar neb ddwyn y fi sydd ynddo, y fi honno oedd yng nghanol fy mhobl fy hun. Mi wn i fod pethau'n llithro o 'ngafael, ond er imi drio 'ngorau, fedra i 'mo'u hatal nhw rhag chwyrlïo fel dail yr hydref i rywle, a gwrthod dŵad yn ôl.

Fedra i ddim peidio edrych i mewn i'r bocs. Dyma lun arall, un ohona i efo Mam o flaen Siop Watkin. Rydan ni'n gafael am ein gilydd ac yn gwenu'n braf. Mae Mam a fi'n gytûn wrth weithio yn Siop Watkin. Dydi o ddim yn gyflog mawr i 'run ohonon ni, ond mae o'n talu'r biliau.

'Wyt ti'n siŵr?' holodd Mam un diwrnod. 'Fuaset ti ddim yn licio mynd yn nyrs fel Elsi? Mi fuaswn i'n gwneud yn iawn ar ben fy hun, 'sti.'

Ond mi wn i ei bod yn anodd iddi dalu'i ffordd ar gyflog bychan. Ond pan fydd Rolant a fi'n briod ac mewn tŷ newydd, mi gaiff hi fyw efo ni. Rydw i'n siŵr y bydd Rolant yn fodlon. Ond dydi o ddim wedi sôn gair am y diwrnod mawr, hyd yn hyn. Wrth gwrs, mae o'n siŵr o wneud, a hynny'n fuan. Rydan ni'n caru ein gilydd.

Mi fydda i'n priodi mewn ffrog wen a chael Elsi yn forwyn. Ella y gwnawn ni brynu tŷ yn y dre 'ma. Mi fydda i'n berffaith fodlon ei ddilyn i rywle ar ôl priodi, ond dydw i ddim am adael Mam ar ei phen ei hun.

Ella y medra i ddal ymlaen yn Siop Watkin ar ôl priodi Rolant. Mae'n dibynnu lle byddwn ni'n byw, tydi. Ond rydw i wrth fy modd yn gweithio yno, er 'mod i'n meddwl ambell dro y buaswn i wedi licio nyrsio fel Elsi. Ond dydw i ddim yn or-hoff o weld gwaed. Mae o'n troi arna i braidd.

Tybed fuasa iwnifform nyrs yn gweddu imi? Mae Elsi'n sbesial o ddel yn ei un hi. Mi ddangosodd lun ohoni'i hun yng nghanol criw o nyrsys a doctoriaid.

'Hwnna ydi 'nghariad i, yli,' medda hi, gan bwyso'i bys ar wyneb yn y llun. 'Padrig. Lyfli o foi.'

Fedrwn i ddim peidio â dweud bod fy Rolant i'n 'lyfli' o foi hefyd er fy mod i'n gwybod nad ydi Elsi yn ei licio fo.

'Wyt ti'n dal i fynd efo hwnna?' holodd. 'Gwylia di dy hun. Mae o'n ddauwynebog.'

'Mae o'n fy ngharu i.'

Mi fedrwn deimlo'r gwres yn codi i 'ngwyneb wrth gofio'r caru yn sedd gefn y car, a sut roeddwn i'n toddi bob tro y byddai'n rhedeg ei fysedd i lawr fy nghlun a thrio datod fy mlows ac anwesu fy mron. Mae o'n dweud ei fod o'n fy ngharu, drosodd a throsodd, a bron â fy mherswadio i garu go iawn. Ond mae gen i ormod o ofn. Beth taswn i'n disgwyl babi cyn priodi?

'Faint wyt ti'n wybod amdano fo? Wyt ti wedi cyfarfod ei deulu? Lle mae o'n byw? Be ydi'i waith o?' holodd Elsi.

Ond dydi pethau fel'na ddim yn bwysig pan mae dau yn caru'i gilydd, dyna ddwedais i wrthi.

'Gwylia dy hun, dyna'r cyfan ddeuda i,' medda hi, gan ysgwyd ei phen.

Ond, wrth gwrs, wnes i ddim gwrando. Efo Rolant oedd fy nyfodol, beth bynnag ddwedai Elsi.

Dydi Mam ddim yn dweud llawer, ond mi wn i nad ydi hithau'n ei licio fo ryw lawer chwaith, er nad ydi hi wedi codi amheuon. Un waith mae hi wedi ei gyfarfod. Yr adeg honno, mi ddaeth â bocs siocled mawr iddi a dweud ei bod hi'n fam brydferth i ferch brydferth. Am neis, 'te! Ond yng nghefn fy meddwl, mi glywais lais Elsi yn dweud 'seboni'. Chymerais i ddim sylw.

Rydw i'n cau y bocs a gorwedd yn ôl i gysgu, wedi blino ar y cofio ac yn gwybod bod y chwilio am y fi erstalwm yn mynd yn drech na fi. Ond mi gysga i efo fy llaw ar y bocs er mwyn cadw'r cyfan sydd tu mewn iddo'n ddiogel.

Mae sŵn i lawr y grisiau.

'Fi sy 'ma!' gwaedda'r ddynas helpu.

Pa 'fi' sydd 'na heddiw?

'Louise, sy 'ma, Lydia. Gysgoch chi? Mae golwg wedi blino

braidd arnoch chi. Dach chi isio panad sydyn cyn ichi godi?'

Ond mae hi'n taro golwg ar y cloc wrth gynnig. Dim amser i ddim eto, debyg.

Mi bwysais yn ôl ar y gobennydd a mwynhau panad ddi-liw y ddynas helpu 'ma. Mae hi'n boeth ac yn wlyb, a beth arall fedrwch chi'i ddisgwyl? Ond dyna fo, dydw i ddim isio beirniadu. Maen nhw'n gwneud eu gorau, ac yn garedig, ond does ganddyn nhw ddim eiliad i'w sbario.

'Barod i godi rŵan, Lydia?'

Mi fedrwn weld ei bod hi ar binnau isio symud ymlaen. Felly, mi godais yn reit wylaidd a cheisio molchi'n reit sgut am ei bod hi'n disgwyl imi fynd i lawr y grisiau a finna ddim isio gwneud trafferth.

Mae hi'n craffu arna i eto.

'Golwg reit llegach arnoch chi, Lydia.'

Sut y medra i ddweud wrthi fy mod i wedi 'ngharcharu yn y bocs 'ma a 'mod i'n blino wrth chwilota am y Lydia Erstalwm ... a bod fy meddwl yn troi a throsi yn y niwl gwag ... a bod yna gysgod du weithiau ... a 'mod i'n trio, ac yn methu, cael gafael ar bethau ...

'Wedi blino dipyn bach,' medda fi.

'Steddwch yn y gadair ar ôl i chi orffen eich brecwast. Mi estynna i barasetamol, ac mi gewch gau eich llygaid am eiliad fach. Mi fyddwch yn teimlo'n well wedyn.'

Ond does ganddi ddim amser i aros efo fi a chysuro mwy arna i. Mae'n rhaid iddi fynd.

Mae Sioned Drws Nesa wedi cyrraedd.

'Jest galw i weld os ydach chi'n iawn, Lydia,' medda hi, 'ac angen rhywbeth.'

Rydw i angen mwy nag y medr hi ddŵad i mi o'r siop.

'Be oeddwn i'n ei wneud erstalwm, Sioned?'

'Wel, mi fuoch yn gweithio yn Siop Watkin cyn priodi John, a ...'

'Lle mae John, deudwch?'

Mae hi'n edrych yn reit ansicr am eiliad. Dim syniad ganddi, mwy na finna, debyg.

'Gymrwch chi banad, Lydia? Mi stedda i yn fama efo chi am chydig.'

'Oes 'na deisen gyraints? Mi fydda i'n licio teisen gyraints.'

Rydw i'n edrych ar y ceffylau tsieni ar y silff ben tân. John a finna brynodd nhw yn rhywle.

'Ydach *chi*'n cofio, Sioned?'

'Cofio be, Lydia?'

Ond rydw i wedi anghofio beth roeddwn i'n ei holi. Mae'n rhaid nad oedd o'n bwysig.

Mae Sioned Drws Nesa yn gwneud panad dda. Un â digon o liw a blas arni. Rydw i'n mwynhau yfed y te a chael tamaid o'r deisen gyraints efo hi. Sawl panad ydw i'n eu hyfed mewn diwrnod, tybed? Rydw i'n troi a throsi'r cwestiwn yn fy meddwl.

'Ydach chi'n gwybod, Sioned?'

'Gwybod be, Lydia?'

'Sawl panad ...'

Mae hi'n chwerthin.

'Rydan ni'n cael panad lawer gwaith y dydd, Lydia.'

'Panad ... a phanad... a phanad,' medda fi.

'Ia. Eli i'r galon,' medda hi, gan wenu.

'Te triog fyddai mam John isio. Doedd hi fawr am 'i wneud o'i hun chwaith. Disgwyl i mi wneud bob dim. Lle mae hi rŵan, Sioned? Dydw i ddim wedi'i gweld hi ers tro.'

Ysgwyd ei phen ddaru Sioned. Ond erbyn meddwl, mae'n siŵr bod mam John rywle yn y Bocs Erstalwm, fel finna. Does gen i fawr o awydd mynd i chwilio amdani chwaith. Mae golwg sur, byth-yn-gwenu, arni bob amser, a'i gwallt, bynsen dynn, wedi'i garcharu'n fflat rhag i flewyn ddianc. Rhyfedd bod rhywun fel hi yn fam i fy John i!

Ond eto, mae hi'n medru gwenu arna i weithiau a finna'n meddalu gan feddwl ei bod hi'n iawn yn y bôn. Ond dydi'r wên ddim yn para'n hir, cyn i rywbeth arall fynd o dan y lach.

'Lle mae mam John, Sioned?'

Ysgwyd ei phen ddaru Sioned. Mi hola i John pan ddaw o adra. Wnes i ofyn o'r blaen? Dydw i ddim yn cofio.

Mae Sioned Drws Nesa wedi mynd erbyn hyn a finna'n disgwyl y ddynas helpu eto.

'Mi fydd honno yma i wneud cinio ichi'n fuan, Lydia,' medda Sioned wrth adael, 'ac mi fydd Doreen yma i llnau dipyn ichi wedyn. Mi ddo' inna yma'n nes ymlaen.'

Un dda ydi Sioned Drws Nesa, yn galw o hyd. Dim llawer i'w wneud ganddi rŵan, medda hi, am fod ei siop ddillad ar gau o achos yr hen aflwydd 'na. Rhyfedd, te!

Erbyn meddwl, dydw i ddim wedi llnau llawer yn ddiweddar. Y niwmonia, beryg, a finna'n dal yn wantan ar fy nhraed. Ond mae Doreen yn un reit dda am wneud. Ddim cystal â fi, wrth gwrs, ond, dyna fo, mae hi'n gwneud ei gorau.

Rydw i'n cofio fy hun efo dwster a stwff sgleinio cyn i John ddŵad adra, yn benderfynol y byddai pobman fel arian newydd cyn iddo roi troed trwy'r drws. Ond roedd ei fam yn mynnu swnian a gweld bai nes y byddwn i'n gandryll. Pam oedd hi'n aros efo ni? Fedra i ddim cofio rŵan, ond roedd yna ryw reswm, petawn i'n medru cael gafael arno fo.

Mae'r ddynas helpu wedi cyrraedd eto. Ond mi fu 'na un arall yma. Carys. Rhywun roeddwn i'n ei nabod erstalwm.

'Carys sy 'na?'

'Na, fi, Louise. Dach chi'n nabod Carys?'

'Gwallt du ganddi.'

'Gwallt melyn, Lydia.'

A dyma fi'n dechrau chwerthin wrth gofio.

'Melyn potel.'

'Ia. Hi fydd yma heno, Lydia.'

Tybed fydd ganddi dreiffl? Un da oedd hwnnw ges i, a Glenys wedi'i wneud o. Rydw i'n cofio Glenys ac Arthur. Roedd Arthur yn hanner cariad imi erstalwm. Ffrindiau ... ia, cusanu ... na. Maen nhw wedi colli Arthur yn rhywle. Wn i ddim sut, chwaith.

Taten bopty a ffa tun ges i i ginio heddiw. Digon blasus hefyd. Ond lluchio'r llestri i'r dŵr sebon ddaru'r ddynas helpu a chychwyn ar ei ras arferol o 'ma.

Mae Doreen wedi cyrraedd.

'Llond sinc o lestri budron eto, Lydia,' medda hi'n sur, wrth afael yn y cadach llestri ac arllwys dŵr i'r sinc.

'Ar frys,' medda fi.

Wfftio dan ei gwynt ddaru Doreen. Rydw inna'n eistedd yn y gadair ac yn synfyfyrio'n ddistaw bach, am pam rydw i'n eistedd yn fama yn gwneud dim, a finna'n ddynas brysur erioed.

'Dach chi isio panad?'

Waeth i mi gymryd un, does gen i ddim arall i'w wneud ond llyncu paneidiau o fore tan nos. Panad ... a phanad ... a phanad.

'Rydw i wedi rhoi dillad glân ar y gwely ac wedi cadw'r bocs lluniau yng ngwaelod y wardrob,' medda Doreen.

'Y Bocs Erstalwm? Na, rydw i isio fo yma efo fi, wrth y gadair.'

Rydw i'n codi ar frys.

'Lle dach chi am fynd, Lydia?'

Fedra i ddim symud yn y lle 'ma heb i rywun agor ei geg i holi.

'I nôl y Bocs Erstalwm, siŵr iawn,' medda fi'n reit swta.

'Hwnna gadwais i yn y wardrob? Mi a' i i'w nôl o ichi rŵan.'

Rydw i'n aileistedd yn y gadair. Mae cael morwyn yn beth braf weithiau. Mi gyrhaeddodd Doreen efo'r bocs a'i roi ar y bwrdd bach wrth fy ochr.

'Na. Rhowch o ar lawr.'

'Ond beth tasach chi'n baglu?'

Beth sydd arnyn nhw efo'u baglu? Wna i ddim baglu, siŵr iawn. Mae golwg reit anfodlon ar Doreen wrth ufuddhau. Ond fi sy'n gwybod lle mae pethau i fod, nid hi.

'Diolch,' medda fi'n fodlon, wedi iddi ei osod wrth fy nhraed.

Rydw i'n gwybod sut i fod yn fanesol.

Syllu i lawr ar y bocs am hir wnes i, a dyfalu pa ddarn arall ohona i sydd ynddo fo. Yn araf, rydw i'n plygu i godi'r caead, er mai isio a dim isio ydw i rywsut. Mae fy mysedd yn palfalu yng nghanol y lluniau i chwilio a chwilio amdanaf fy hun, am 'mod i'n siŵr bod y fi coll ynddo fo'n rhywle, petawn i'n medru cael gafael arni.

Mae llun dau ifanc ar yr wyneb. Elsi ... a rhywun diarth. Mae fy mysedd yn crwydro'n ôl a blaen ar y llun a finna'n syllu arno fo ac yn chwilota drwy'r niwl. Wrth gwrs, cofio. Cariad Elsi. Padrig, dyna'i enw fo.

Mi ddaeth y ddau yma am dro. Do, siŵr. Rydw i'n eu gweld

nhw rŵan, yn sefyll ar stepan y drws. Roedd braich Padrig am ganol Elsi a'r ddau yn gwenu'n gariadus, yn union fel y bydd John a finna, pan gawn ni amser efo'n gilydd. Jest fo a fi. Rydw i'n gynnes braf tu mewn wrth gofio am John. Wn i ddim pam mae o efo'r hen lorri 'na dragwyddol.

Cofio'n iawn. Roeddwn i wedi gwneud te sbesial i Elsi a Padrig, sgons cartra a jam mwyar duon, efo hufen i'w daenu'n drwch arnyn nhw. Mae Padrig yn horwth o ddyn mawr, efo breichiau fel bonion coeden. Tybed ydi o'n chwarae'r gêm 'na lle maen nhw'n rhedeg ar ôl pêl siâp rhyfedd ac yn taflu eu hunain ar bennau'i gilydd? Mae o'n reit glên, ond ei fod o'n siarad Saesneg.

'Dydyn nhw ddim yn siarad Cymraeg yn Iwerddon,' medda Elsi, 'ond mi ddysga i Gymraeg iddo,' addawodd.

Rhyfedd, rydw i'n cofio wynebau'r ddau ar garreg y drws, fel petaen nhw yno rŵan hyn.

'I'll teach you Welsh, won't I,' medda Elsi wrth Padrig.

'Of course, darling,' medda fo.

Darling! Mi fydd yn rhaid imi ddweud wrth John. Ond dydw i ddim isio i John fy ngalw'n 'darling', chwaith. Mae'n well gen i 'cariad'.

Mi arhosodd y ddau am awran wedi'r te, ond ddaeth John ddim adra'n ddigon buan i'w gweld nhw.

Dydi hi'n braf medru cofio chydig. Ella y gwnaiff y niwl glirio, ac wedyn mi fydda i'n medru cofio popeth yn fy hanes. Rydw i'n gwenu wrth feddwl am hynny.

Rydw i yma ar ben fy hun wedi i Doreen adael. Fel'na mae pawb. Diflannu a 'ngadael i yma yn troi a throsi lluniau'r Bocs Erstalwm wrth drio cofio. Rydw i'n palfalu yn eu canol nhw; palfalu a phalfalu … a throi a throsi.

Dyma lun Siop Watkin eto a fi a Mam yn sefyll efo fo wrth y drws. Roedd o'n ddyn caredig, ond ichi beidio â llaesu dwylo a chadw cwsmeriaid i ddisgwyl wrth siarad. Dyn busnes go iawn, dyna fyddai Mam yn ddweud efo gwên.

Mi fydden ni'n cadw'r siop fel pìn mewn papur. Lle i bopeth a phopeth yn ei le i ddenu'r cwsmeriaid, medda Mr Watkin. Rydw i'n syllu a syllu ar y llun a chofio ...

Mi fyddai Mam a fi'n codi'n fore a chael brecwast brysiog cyn cychwyn am y siop. Roedd 'na lot o waith yn disgwyl amdanon ni a Mr Watkin wedi agor y drws yn barod, cyn inni gyrraedd.

'Bore da, lêdis!' medda fo bob tro, gan wthio'i sbectol i fyny'i drwyn. 'Gafael ynddi rŵan 'te, lêdis, cyn i'r cwsmeriaid gyrraedd.'

Mi fydden ni'n dwy yn gwenu. Roedd 'gafael ynddi' yn bwysig i Mr Watkin. Felly mae rhedeg siop lwyddiannus, medda fo. Cael popeth yn barod ar gyfer y cwsmeriaid, cyn iddyn nhw roi'u traed trwy'r drws.

Mi oedd Mr Watkin yn cadw llygad arnon ni. Ond chwarae teg iddo, roedd o'n ddyn hoffus tu ôl i'w lais dwrdio. Mwy o fwg nag o dân, medda Mam, a ninna'n dwy yn gwenu'n glên arno, pan oedd o'n mynd trwy'i bethau. A rhywsut, doedd o ddim yn medru dwrdio'n hir. Roedd ei lygaid yn dechrau pefrio tu ôl i'w sbectol a gwên araf yn lledaenu ar ei wyneb.

'Ia ... wel ... dim ond dweud,' medda fo, gan nodio'i ben.

Roedd 'na olwg sbesial yn ei lygaid pan oedd o'n edrych ar Mam.

'Ffansïo chi, tydi, Mam,' meddwn i'n slei.

Wfftio oedd hi, ond roedd ganddi wyneb coch ryfeddol wrth iddi daeru nad oedd y ffasiwn beth yn bod, a finna'n siŵr fy mod i'n iawn. Rydw i wedi meddwl llawer am y peth. Tybed fuasa ots gen i petai Mam wedi cael ... wel ... cariad, am wn i, neu ... ffrind sbesial, ella? Roedd hi'n haeddu dipyn o bleser mewn bywyd.

Mi fyddai o'n rhoi pecyn bach o ham neu facwn inni'n aml, neu, weithiau, deisen ar fin mynd yn stêl.

'Tamaid bach i swper, Meri,' fyddai o'n ddweud, a golwg hiraethus, rywsut, ar ei wyneb.

'Gofynnwch iddo ddŵad aton ni am swper, Mam,' meddwn i.

'Wyt ti'n meddwl?' medda Mam.

A dyna wnaeth hi. Roedd ei wyneb yn wên i gyd wrth dderbyn y gwahoddiad, ac mi gyrhaeddodd y tŷ teras efo tusw bychan o flodau o'r siop.

'I ddiolch am y gwahoddiad, Meri,' medda fo.

Rydw i'n gwenu, yma, wrth ymyl y Bocs Erstalwm, yn cofio. Ffrind iawn fu Mr Watkin, er nad oedd Mam yn fodlon cael perthynas agos efo fo. Ond mae'n braf cael ffrindiau, tydi.

Mae edrych ar luniau yn beth rhyfedd! Maen nhw'n rwtsh rwtshlyd o gofio wrth imi'u troi a'u trosi nhw cyn dewis ambell un, a finna'n ailgofio'r pethau y tu ôl ymlaen. Rydw i'n ail-fyw pethau wrth fodio'r lluniau, ond maen nhw'n llithro o 'ngafael i wedyn. Ond mae fy erstalwm i'n ddiogel yn y bocs. Rhyfedd ydi dewis y lluniau, a chofio.

Rydw i'n edrych ar lun lorri, y lorri honno fyddai'n galw yn y siop bron bob dydd i ddosbarthu nwyddau.

Cofio'r adeg honno ...

Mi fyddai'r dreifar, John, yn mynnu gwneud llygaid bach arna i a gwenu'n glên, a chodi sgwrs bob cyfle gâi a finna'n gwenu'n ôl. Isio bod yn gyfeillgar efo pawb, doeddwn, ac wrth fy modd yn cael sgwrs efo rhywun gwahanol weithiau.

Gwenu oedd Mam hefyd.

'Mae John â'i lygad arnat ti,' medda hi. 'Un clên ydi o.'

'Dim ots,' meddwn i. 'Mae Rolant gen i.'

Ond er hynny, roeddwn i wrth fy modd efo'r syniad bod rhywun arall yn fy ffansïo, er nad oeddwn i isio gwybod o ddifri. Ac eto, fedrwn i ddim peidio ag edrych ymlaen at weld John a'i lorri, chwaith. Mi fyddai'n gwenu ac yn dangos diddordeb bob tro y deuai i'r siop, a'i lygaid yn dawnsio wrth fy ngweld, ac yn barod i jocian a chael sgwrs bob amser, a finna'n giglan a gwenu'n ôl arno. Doedd o ddim yn ddyn golygus fel Rolant, ond roedd o'n gyfeillgar ac yn llawn hwyl.

'Jest y peth,' medda Elsi'n llawn brwdfrydedd, pan soniais i wrthi. 'Well o lawer iti na'r Rolant da-i-ddim 'na. Mae o'n dangos diddordeb a chael hwyl, tydi!'

'Rolant ydi 'nghariad i.'

'Does 'na fawr o symud ynddo fo, nag oes? Dim gair ganddo fo am ddyfodol a ballu. Faint wyt ti am ddisgwyl wrtho fo? Mae Padrig wedi gofyn i mi 'i briodi fo a mynd i fyw efo fo i Iwerddon wedi iddo orffen dysgu bod yn ddoctor.'

'Iwerddon? I be ei di i fanno?'

'Mae Padrig am fod yn feddyg teulu. Rydw i'n mynd drosodd i gyfarfod ei deulu wsnos nesa.'

Doedd Rolant ddim wedi sôn wrtha i am gyfarfod ei deulu. Wyddwn i ddim oedd ganddo fo deulu, hyd yn oed. Roeddwn i'n lwmp o eiddigedd ... na, nid eiddigedd. Siom.

'Lle mae dy deulu di'n byw?' holais, ar ôl ei gyfarfod y noson honno.

'O ... draw yn Lloegr,' medda fo'n ddidaro. 'Pam ti'n gofyn?'

'Dim ond meddwl y byswn i'n licio'u cyfarfod nhw, a ninna am briodi.'

Edrychodd yn hurt arna i.

'Pwy soniodd am briodi?'

'Ond rydan ni'n caru'n gilydd.'

Tynnodd ei freichiau'n ôl a gwgu arna i.

'Rwyt ti'n chwarae efo teimlada ... yn gwrthod caru go iawn o hyd,' cyhuddodd.

'Ond Rolant, disgwyl nes inni briodi rydw i,' meddwn i'n ddagreuol.

'Soniais i ddim am briodi.'

'Ond mi ddeudist dy fod ti'n fy ngharu i. Drosodd a throsodd.'

Roedd o'n edrych yn galon-galed arna i.

'Hwyl oedd o. Chwarae caru.'

Gafaelais yn dynn yn ei freichiau ac edrych i'w wyneb.

'Dwyt ti ddim yn meddwl hynna. Mae pawb yn credu ein bod ni am briodi.'

'Pwy wyt ti'n feddwl ... pawb?'

'Mam ... ac Elsi ... a ...'

'Perthynas rydd sydd ganddon ni. Rwyt ti'n gwybod hynny.'

'Ond rydan ni'n caru ein gilydd, Rolant.'

Roeddwn i'n swp dagreuol ar y sedd ôl, ond doedd dim ots gan Rolant.

'Roeddwn i'n bwriadu gorffan efo chdi p'run bynnag,' medda fo, gan danio sigarét yn surbwch a chwythu cwmwl o fwg o flaen fy wyneb. 'Gwraig gen i'n barod, yli,' ychwanegodd yn ddidaro.

Gwraig! Fedrwn i ddim dweud gair, dim ond edrych arno fo tra oedd fy nghalon yn torri'n deilchion. Gwraig! A finna wedi credu pob gair ddywedodd o. Sut allai o ddweud celwydd fel'na?

Neidiais o'r car heb ddweud gair pan gyrhaeddon ni'n ôl. Doedd 'na ddim i'w ddweud, nag oedd, ac mi sgrialodd Rolant a'i gar i lawr y stryd heb gymaint â dweud 'sori'.

Mi syrthiais i freichiau Mam ar ôl cyrraedd adra.

'Dydi o ddim isio fi, Mam. Ddim yn fy ngharu. Wnaeth o erioed. Dim ond dweud er mwyn trio cael ei ffordd ei hun. Mae o'n briod. Be wna i, Mam?'

'O, Lydia! Wyt ti rioed wedi caru go iawn efo fo?'

'N...naddo, Mam, ond roedd o isio ac yn dweud 'i fod o'n fy ngharu i. Roeddwn i'n siŵr ein bod ni am briodi,' igiais yn ddigalon. 'Ond mae ganddo fo wraig, Mam. Be fydd pobl yn feddwl ohona i yn mynd efo dyn priod?'

'Fydd neb yn gwybod, Lydia, ein cyfrinach ni fydd hi. Newid dy feddwl ddaru ti, ac mi fedri di wynebu pawb.'

Rydw i'n saff efo Mam.

''Ngenath fach i,' cysurodd. 'Mae o drosodd rŵan.'

'Y peth gorau wnest ti. Ddeudis i, do?' deddfodd Elsi, pan ddwedais i nad oeddwn i'n gweld Rolant rhagor.

Wnes i ddim sôn gair wrthi am y gwir reswm, ei fod o'n ŵr priod a finna bron â mynd i drybini efo fo. Roedd gen i ormod o gywilydd ac roedd Mam wedi pwysleisio mai ein cyfrinach ni oedd hi, a neb arall.

Ond peth sobor ydi cadw cyfrinach oddi wrth ffrind.

Rydw i'n sychu fy llygaid wrth gofio ac yn cau'r bocs ar y fi ddagreuol honno, er bod fy nhu mewn yn llawn digalondid wrth gofio mor ddiobaith oeddwn i. Cofio ... a chofio ...

Rydw i'n pwyso'n ôl yn y gadair wrth ddisgwyl i'r ddynas helpu gyrraedd. Siŵr y gwnaiff hi banad o de. Mi fydda i'n teimlo'n well wedyn ac ella y diflannith yr hen atgofion annifyr i'r gwagle sydd yn fy mhen.

'Anti Lydia!'

Mae'n rhaid fy mod i wedi cysgu yn y gadair. Mae 'mhen i fel wadin.

'Yy? Pwy sy 'na?'

'Carys. Ro'n i yma ddoe.'

Wrth gwrs, rydw i'n cofio. Y ddynas helpu efo gwallt du wedi troi yn felyn. Ia, Carys ydi'i henw hi. Perthyn i ffrindiau oedd gen i erstalwm, medda hi.

Ond mae agor y Bocs Erstalwm wedi fy ypsetio, a finna'n cofio'r tor calon ac yn ail-fyw'r cysur ym mreichiau Mam. Roedd hi'n gafael amdana i rŵan jest ac yn dweud nad oedd angen imi boeni. Ond mae'n anodd anghofio poen tor calon, tydi?

'Dach chi'n iawn, Anti Lydia?'

Rydw i'n ysgwyd fy hun yn rhydd o dristwch y Bocs Erstalwm ac yn trio gwenu.

'Isio panad ydw i, 'te!'

Mae hi'n dŵad â'r banad a theisen lemwn efo hi.

'Mam wedi'i gwneud hi, ylwch. Yn sbesial i chi.'

'Eich mam?'

'Ia. Glenys – roeddach chi'n ffrindia efo hi ac Arthur, yn doeddach?'

'Pam na ddôn nhw yma i 'ngweld i? Does neb ond y bobl helpu'n dŵad.'

'Chaiff pobl ddim mynd i dai ei gilydd, Anti Lydia. Y feirws 'ma, 'te.'

'Y Corovona-rywbeth 'na?'

Mae hi'n hanner gwenu.

'Y Covid? Ia. Mae pawb ofn ei ledaenu o, dach chi'n gweld, ac yn gwisgo mygydau.'

Mae'n rhyfedd o fyd, tydi, lle mae pobl ofn gweld ei gilydd. Ella mai dyna pam nad ydi John wedi dŵad adra. Yr hen aflwydd 'na wedi cael gafael ynddo. Ond mi ddaw heno.

'Rydw i wedi dŵad â llunia ichi, Anti Lydia.'

'Llunia? Ond mae gen i rai yn y Bocs Erstalwm.'

'Llunia ohonach chi ac Yncl John efo Mam a Dad ydi'r rhain. Mi adawa i nhw yma er mwyn ichi gael amser i sbio arnyn nhw a chofio'r hen ddyddiau.'

Rydw i'n synfyfyrio wrth fodio'r pecyn. Mae darn arall ohona i ynddo fo. Mi 'drycha i ar y lluniau ryw dro eto.

Mae Carys yn stwyrian o gwmpas y lle, yn gwneud brechdanau imi ac yn estyn fy nghoban a siarad fel melin bupur bob yn ail.

'Roeddach chi a Dad yn yr ysgol efo'ch gilydd, doeddach?'

Rydw i'n dyfalu ac yn cofio.

'Yn hanner cariadon.'

'Hanner cariadon?'

Rydw i'n nodio 'mhen wrth gofio Arthur a finna. Ffrindiau ... ia, cusanu ... na, dyna ddwedais i wrtho, ac yntau'n chwerthin wrth afael amdana i. Rhyfedd sut rydw i'n cofio ambell beth a hwnnw'n diflannu wedyn.

Mi arhosodd Carys am dipyn i siarad am Arthur a Glenys ac i gofio sut yr oedden ni i gyd erstalwm.

'Gen i chydig o amser i'w sbario,' meddai. 'Dim angen gweld neb ar eich ôl chi heddiw.'

Ond roeddwn i wedi blino braidd, er bod y Carys 'ma'n glên ac yn siarad lot. Rydw i'n barod am fy ngwely. Mae'n rhaid na ddaw John heno. A chwarae teg i Carys, mae hi wedi rhoi potel ddŵr poeth yn y gwely, a finna'n swatio wrthi erbyn hyn.

Mae'r Bocs Erstalwm yn ddiogel wrth fy ymyl, am fy mod yn dal i chwilio am y fi sydd ar goll ynddo fo. Ond mae fy llygaid yn cau. Wedi blino, dydw!

3.

Bore arall, a finna yn y gwely. Rydw i wedi hen flino edrych ar y craciau ar y nenfwd uwch fy mhen a dyfalu lle maen nhw'n mynd. Dydi'r ddynas helpu ddim wedi cyrraedd eto neu mi fuasa wedi ww-ww-io yng ngwaelod y grisiau. Er imi swatio wrth y botel ddŵr poeth neithiwr, wnes i ddim llwyddo i gysgu am hir gan fod fy meddwl yn llawn o deimladau, o grio ac o ddifaru, ond fedrwn i ddim cofio difaru am beth.

'Ww- ww! Fi, Gwen, sydd 'ma.'

Mae hi'n drybowndio i fyny'r grisiau.

'Barod i godi, Lydia?'

Fedra i ddim gwrthod, na fedraf? Yma i fy nghodi ac i fy hel i lawr y grisiau i gael brecwast, a gwneud imi eistedd am oriau wedyn yn y gadair 'na'n unig, dyna maen nhw i gyd isio.

Rydw i wedi cael fy mrecwast rŵan a dyma fi yn fama unwaith eto. Mae'r ddynas helpu wedi gollwng y llestri brecwast i'r dŵr sebon ac yn barod i ruthro o 'ma.

'Mi fydda i yma amser cinio i wneud tamaid bach ichi,' medda hi, wrth anelu at y drws.

Mi ddiflannodd trwy'r drws, cyn imi gael cyfle i ddweud wrthi fod y Bocs Erstalwm i fyny'r grisiau. Dyna fo, rhaid i mi fynd i'w nôl o fy hun, er bod fy nghoesau'n simsan heddiw. Ond dydw i ddim yn un am gwyno.

Rywsut, mae'r grisiau'n mynd yn fwy serth bob tro y bydda i'n eu dringo nhw. Mi fydd John yn poeni pan ddaw o adra ac yn deddfu bod yn rhaid imi fynd i weld doctor. Doctor Preis, efo'i ddwylo oer a'i lais mawr, falla.

Rydw i'n cychwyn am y landin efo'r Bocs Erstalwm o dan fy nghesail, ond rywsut, wn i ddim sut, mae o'n llithro o 'ngafael ac yn disgyn ar y carped, a'i gynnwys yn taenu'n blith draphlith o gwmpas fy nhraed. Wrth edrych ar y llanast rydw i'n dechrau crio. Y fi coll sydd ar lawr, wedi fy chwalu i bobman, a fedra i byth gael gafael arni eto, ddim a finna ar wasgar fel'na, a thra mae'r cysgod du 'na yn llercian o 'nghwmpas i ac yn bygwth.

Fedra i ddim wynebu rhagor. Rydw i'n troi a syrthio ar y gwely a thynnu'r dŵfe dros fy mhen rhag gorfod edrych ar y darnau mân ohona i sydd ar lawr. Rydw i'n cau fy llygaid yn y tywyllwch cynnes ac yn ceisio gwagio fy meddwl. Dim chwilota, dim cofio, dim niwl … dim cysgod du. Neb ar goll … dim, dim, dim.

Mae casineb sydyn yn byrlymu y tu mewn imi, ac ysfa chwilboeth i falu rhywbeth yn chwilfriw, dim ots beth. Pam na fedra i gofio? Lle aeth pawb roeddwn i'n ei nabod? Pam nad ydyn nhw yma yn fy meddwl i? Lle mae John? Pam na ddaw o adra? Pam? Pam?

'Aaa … aaa!'

Rydw i'n sgrechian y cwestiynau a 'nhymer i'r tywyllwch o dan y dŵfe. Maen nhw yma efo fi, yn dawnsio a rhegi ac ystumio, a finna'n ceisio gwasgu'r cyfan yn deilchion.

'Lydia! Lydia! Ydach chi'n sâl?'

Mae rhywun yn tynnu'r dŵfe oddi arna i.

Llais Sioned Drws Nesa.

'Lydia bach! Be dach chi'n wneud yn fanna?'

Rydw i'n edrych i fyny arni â llygaid llawn dagrau.

'Dwi ar goll. Wedi mynd i rywle, a fedra i ddim dŵad yn ôl.'

Mae hi'n gafael yn fy nwylo ac yn eu gwasgu ati.
'Breuddwydio oeddach chi,' cysura.
Ond does 'na ddim cysur.
'Na! Na, rydw i wedi mynd, ac wn i ddim i lle.'
Mae hi'n edrych ar y llanast ar y carped.
'Gollwng y bocs wnaethoch chi?'
Penlinia i gasglu'r lluniau.
'Dwi ynddyn nhw'n rhywle. Welwch chi fi?'
'Mae 'na lot o luniau ohonoch chi, Lydia. Ylwch, dyma un efo'ch ffrind ... Elsi oedd hi, 'te?'
Rydw i'n gwenu wrth edrych ar y llun. Wrth gwrs, dydw i ddim ar goll. Dyna fi yn fanna efo Elsi.
'Dowch, mi awn ni i lawr y grisiau,' medda Sioned, 'i eistedd o flaen y tân efo panad.'
Rydw i'n dechrau chwerthin. Sawl panad ydw i'n eu cael bob dydd?
'Be sy'n ddoniol, Lydia?'
'Panad,' medda fi. 'Panad ... a phanad ... a phanad.'
'Eli i'r galon, Lydia,' medda Sioned.
Rydw i'n eistedd, ac yn edrych ar y teclyn tân pitw 'na brynodd John. Wn i ddim beth ddaeth dros ei ben o. Llai o drafferth na thân grât, medda fo.
Ond tân grât roeddwn i'n ei hoffi. Mi fyddwn i'n gwylio'r fflamau yn codi a gostwng wrth iddyn nhw ddawnsio i fyny'r simna ac yn breuddwydio, a Mam yn chwerthin am fy mhen i ... erstalwm.
'Be weli di rŵan, Lydia bach?'
Ond mae hi a'i llais wedi diflannu, a finna'n eistedd o flaen y tân di-ddim yma efo Sioned Drws Nesa.
'Lle aeth Mam, Sioned?'

Mae'r ddynas helpu'n cyrraedd cyn iddi ateb.

'Tamaid bach o ginio ichi rŵan, Lydia,' medda honno.

Mae hi a Sioned yn siarad yn y gegin, rhywbeth am 'ddim yn dda iawn heddiw' a 'chymysglyd'. Ac yna ...

'Oes ganddi deulu yn rhywle?'

'Na ... neb.'

Rydw i'n meddwl am y peth. Teulu? Fedra i ddim cofio neb yn deulu, ddim ond Mam a ... fy John i.

Mi fydd o adra toc, ac mi gawn ni eistedd ar y soffa a chael sgwrs iawn. Mi ddeuda i wrtho fo am roi'r gorau i ddreifio'r hen lorri 'na, er mwyn inni gael gweld ein gilydd bob dydd.

Rydw i'n codi ac yn mynd at y ffenest. Does 'na ddim golwg o lorri John. Tybed ydi o wedi cael pynctsiar? Thâl hi ddim fel hyn, byth adra.

Mae'r hen gysgod 'na'n dal i lechu yn fy meddwl, a finna'n ymladd rhag cael fy llyncu ganddo. Rydw i'n plethu fy mreichiau ar draws fy mrest ac yn gwasgu, gwasgu, er mwyn dal fy ngafael arna i fy hun, hynny sydd ar ôl ohona i.

Mae Sioned Drws Nesa wedi mynd, a'r ddynas helpu wedi agor tun i ginio. Cawl tomato a sleisen o fara garlleg efo fo. Mae John wrth ei fodd efo bara garlleg.

'Oes 'na fara garlleg ar ôl? Digon i John pan ddaw o adra?'

Nodio mae'r ddynas helpu. Mae hi'n sefyll wrth fy mhen, hi a'i mwgwd, ac yn disgwyl imi lyncu'r tamaid olaf. Ar duth gwyllt i fynd i'r tŷ nesa, debyg. Does gan y greadures ddim amser i gael ei gwynt ati.

Mae hi'n gafael yn y llestri a'u cipio i gyfeiriad y sinc. Rydw i'n clywed sŵn arllwys dŵr a thincian llestri. Siawns ei bod hi am eu golchi nhw yn hytrach na'u gadael i socian. Mi fuaswn i'n eu golchi, petawn i'n cael cyfle, a'u sychu a'u cadw yn y cwpwrdd hefyd. Dynas brysur ydw i wedi bod erioed, ond bod y dwylo segur da-i-ddim yn llonydd ar fy nglin rŵan. Be sydd arnyn nhw, deudwch?

Rydw i'n eistedd yn unig yn y gadair unwaith eto ac yn meddwl am John, ac mae'r hen gysgod du yn mynnu codi'i ben wrth i mi boeni amdano fo. Be tasa fo'n cael damwain?

Mae'r Bocs Erstalwm ar lawr wrth fy nhraed, ond dydw i ddim am ei agor. Ond eto ...

Yna, rydw i'n gweld y pecyn ddaeth y ddynas helpu arall efo hi ... Carys, honno efo gwallt du wedi troi'n felyn, yn perthyn i ... rywun roeddwn i'n ei nabod erstalwm ... *dau* roeddwn i'n eu nabod, medda hi. Rydw i'n ei chofio hi'n sefyll yn fanna ac yn estyn y pecyn imi.

'Llunia ohonoch chi ac Yncl John efo Mam a Dad,' ddywedodd hi.

Rydw i'n gwenu ac yn estyn amdano. Glenys ac Arthur, siŵr! Sut y bu imi anghofio a finna wedi bod yn hanner cariad i Arthur, ffrindiau ... ia, cusanu ... na, nes iddo gyfarfod Glenys. Un glên ydi Glenys hefyd, merch y gweinidog newydd, ac yn un dda am wneud teisen a threiffl. Mi ges i rai gan y ddynas helpu 'na y diwrnod o'r blaen, honno roeddwn i'n ei nabod erstalwm, y Carys 'na. Rydw i'n cofio'u blas nhw rŵan. Sgwn i ddaw hi â rhai eto?

Dyma ni, y pedwar ohonon ni. Fi a John, a Glenys ac Arthur. Rydw i'n edrych ar y lluniau, fesul un ac un, ac yn cofio pethau fel petaen nhw wedi digwydd ddoe. Dydi hi'n biti fod John oddi cartra, neu mi fuasa yntau'n cael edrych ar y lluniau. Rydw i'n eu cadw nhw'n saff yn y pecyn i ddisgwyl iddo gyrraedd.

Does gen i ddim i'w wneud ond eistedd a syllu ar fy mysedd.

Eu troi a'u trosi nhw a'u gwasgu'n dynn wrth geisio llenwi'r gwacter niwlog sydd yn fy mhen. Twt! Fedra i ddim eistedd yn y gadair 'ma a gwneud dim, dynas brysur fel fi.

Dydw i ddim wedi golchi fy ngwallt ers tro. Tybed fuasa'n well imi wneud hynny, tra bydda i'n disgwyl am John? Rydw i'n codi i chwilio am siampŵ a thywel ac yn anelu at y sinc yn y gegin. Waeth imi heb â dringo i fyny'r grisiau a 'nghoesau fel maen nhw, yn wantan ar ôl yr hen niwmonia 'na. Mi fûm i yn yr ysbyty am bythefnos, meddan nhw. Ond dydw i ddim yn cofio John yn dŵad i 'ngweld i yno chwaith. Ei fam wedi'i rwystro fo, debyg. Hen ddynas annifyr ydi hi efo fi, am fod Mam a finna'n gweithio mewn siop. Ond mae John a finna'n caru ein gilydd, waeth be ddywedith hi. Sgwn i lle mae hi rŵan? Tybed ydi hithau wedi cael niwmonia? Dydw i ddim am fynd i'w gweld, waeth gen i lle mae hi.

Rydw i'n sefyll am hir wrth y sinc yn y gegin. Mae gen i dywel a photel siampŵ. Roeddwn i am wneud rhywbeth efo nhw, ond dydw i ddim yn siŵr iawn be. Mi gofia i yn y munud.

Mae'r drws ffrynt yn agor a Sioned Drws Nesa yn galw 'Lle dach chi, Lydia?' wrth ddŵad trwodd i'r gegin.

'Am olchi'ch gwallt oeddach chi? Fuasach chi'n licio i mi 'i olchi fo ichi?'

Rydw i'n edrych ar y tywel a'r siampŵ. Wrth gwrs, dyna roeddwn i am ei wneud.

'Ia plis, Sioned,' medda fi.

Un dda am olchi gwallt ydi Sioned. Mae hi'n rhwbio siampŵ a golchi a rhwbio wedyn. Rydw i'n gwylio'r dŵr siampŵ yn arllwys i'r sinc ac yn cofio fy hun yn golchi 'ngwallt droeon wrth ddisgwyl am John.

Cofio disgwyl a disgwyl wrtho un tro a hithau'n tywallt y

glaw y tu allan. Roeddwn i wedi gwneud lobsgows a phwdin reis efo croen brown ar ei wyneb, yn union fel mae John yn 'i hoffi. Ond mi ddigwyddodd 'na rywbeth ... dydw i ddim isio cofio be ... ond mae'r cysgod du hwnnw'n bygwth disgyn yn don arswydus i ganol fy mhen wrth imi ysgwyd y 'rhywbeth' ymaith.

Ond chaiff o ddim fy meddiannu, neu mi fydd ar ben arna i. Mi fydd Lydia a John wedi diflannu am byth. Mae'r dagrau sydd wedi cronni yn fy llygaid rŵan yn llifo i lawr fy wyneb.

'Sori, Lydia. Dach chi wedi cael sebon yn eich llygaid?'

Mae hi'n sychu'r dagrau'n ysgafn ac yn dwrdio'i hun bob yn ail.

'Dyna flêr fuo fi. Ydi o'n well rŵan?'

Fedra i ddim egluro am y cysgod du sy'n ceisio fy meddiannu. Fydd hi ddim yn dallt. Does neb yn dallt. Dim ond y fi unig sy'n ei ofni.

'Dyna chi rŵan,' medda Sioned. 'Mi bicia i i nôl fy sychwr. Steddwch yn fanna, a fydda i ddim yn hir.'

Mae'r dŵr yn diferu'n smotiau i lawr fy ngwddw, ond rydw i'n lapio'r tywel yn dynnach ac yn ufuddhau.

Mae'r ffôn yn canu. Tybed pwy sydd yna rŵan? Nid y dyn symud fy arian, gobeithio. Ond rydw i wrth fy modd fod rhywun isio siarad efo fi, dim ots pwy.

'Helô,' medda fi.

'Mrs Parry?'

'Pwy sy 'na? Dydw i ddim am symud fy arian.'

'Mrs Parry! We've got a parcel for you at the depot.'

'Tebot?'

'Depot, Mrs Parry.'

'O ...'

'There's a small delivery charge.'

'Dach chi'n siarad Cymraeg?'

'Just two pounds ninety-nine pence, Mrs Parry, and it'll be delivered to your door.'

Rydw i'n medru siarad Saesneg gystal â neb.

'What's in it?'

Ond dydi'r dyn ddim yn ateb, dim ond sôn am ei 'delivery charge' a bod isio rhif y cerdyn er mwyn imi ei gael o wrth y drws.

'Dydw i ddim am symud fy arian i neb,' medda fi, ar ei draws.

Ond dydi o ddim yn gwrando.

Mae'n braf cael rhywun gwahanol i siarad efo nhw ac mae o'n swnio'n reit gyfeillgar, chwarae teg iddo. Tybed ydw i'n ei nabod o?

'I've had my hair washed,' medda fi.

'About your parcel ...' medda fo eto.

Ond dydw i ddim wedi gweithio mewn siop a byw bywyd i fod yn wirion. Sgwn i ydw i'n disgwyl parsel? Fedra i ddim cofio. Rhowch y ffôn i lawr arnyn nhw, dyna siarsiodd Sioned. Biti hefyd, a finna'n mwynhau cael sgwrs ffôn.

'Goodbye,' medda fi. 'Call again.'

Roeddwn i'n teimlo'n reit falch ohona i fy hun pan ddaeth Sioned efo'r sychwr gwallt.

'Y ffôn wedi canu,' eglurais. 'Parsel imi yn rhywle. Ond wnes i ddim talu. Cofio chi'n dweud mai lladron ydyn nhw.'

'Wel,' medda hi, yn wyllt gacwn. 'Does 'na ddim stop ar y diawliaid, maddeuwch yr iaith, Lydia. Ffonio unwaith, a ffonio ganwaith, dyna'u hanes nhw.'

Rydw inna'n trio cyfri 'canwaith' ar fy mysedd, ond fedra i ddim. A rhyfedd fuasa ateb y ffôn trwy'r dydd, bob dydd i gyrraedd cant, a chlywed lleisiau pobl ddiarth a'r rheiny i gyd yn siarad efo fi, Lydia. Ond mae Sioned yn dweud bod yn well imi beidio cymryd sylw ohonyn nhw a rhoi'r ffôn i lawr bob tro. Biti, 'te!

Diawliaid ydyn nhw, medda Sioned. Fedra i ddim peidio â gwenu wrth gofio y bydd John yn rhegi pan fydd pethau'n mynd o chwith efo'r lorri hefyd, ond fydda i byth yn dweud y drefn wrtho. Mi fydd yn chwerthin wrth glywed fy mod i'n dal fy nhir efo'r lladron 'na ar y ffôn, pan ddaw o adra.

'Peidiwch â chymryd sylw ohonyn nhw os byddan nhw'n ffonio eto, Lydia. Rhowch y ffôn i lawr, heb ddweud gair,' pwysleisiodd Sioned.

'Ond, Sioned, mae isio bod yn glên efo pobl, bob amsar. Dyna fyddai Mam yn ddweud.'

'Ddim efo'r bobl yna,' medda Sioned yn bendant.

Ond rydw i wrth fy modd yn clywed y ffôn yn canu, a finna'n ei godi a chlywed llais yn holi am Lydia Parry ... fi ... Lydia. Dyna brofi fy mod i, y fi coll, yma yn rhywle o hyd, neu fuasa pobl ddim yn ffonio, na fuasen?

'Dwi'n dal yma, Sioned. A finna'n meddwl 'mod i ar goll.'

'Wrth gwrs eich bod chi yma,' medda hi, gan fy nhroi i wynebu'r drych. 'Drychwch! Dyma chi, newydd gael golchi'ch gwallt.'

Rydw i'n edrych yn rêl ledi wrth iddi ddal drych bychan o fy mlaen a'i droi imi weld yr ochrau a'r tu ôl. Rydw i'n gwenu wrth feddwl 'mod i'n ddel i ddisgwyl am John.

'Oes 'na ddigon o datws a bacwn, Sioned? Mi fydd John yn disgwyl platiad wedi iddo fod yn dreifio'r hen lorri 'na.'

Nodio a gwenu ddaru Sioned. Mae'n rhaid ei bod hi'n gwybod faint sydd 'na, achos aeth hi ddim i chwilio. Rydw i'n mwynhau panad a bisged o flaen tân pitw John. Mi fydd yn rhaid imi ddweud wrtho am brynu un iawn pan ddaw o. Dydi hwn yn dda i ddim. Ond mae Sioned wedi rhoi siôl dros fy nghoesau a finna'n gynnes braf oddi tani.

'Rhaid imi fynd rŵan, Lydia,' medda hi. 'Mi fydd Louise yma'n o fuan i wneud swper ichi.'

Louise? Rhyw ddynas arall yn dŵad i ddweud wrtha i sut i fyw, debyg. Ta waeth, mae'n gynnes o dan y siôl, a finna'n teimlo'n reit gysglyd.

Ond rhaid imi beidio â chysgu rhag ofn i'r ffôn ganu eto. Peidiwch â'i ateb, dyna ddywedodd Sioned, ond mae'n braf cael dweud 'helô', wrth rywun, pan ydach chi'n unig ac ar goll.

Cael napan fach wnes i, er imi geisio cadw'n effro nes y cyrhaeddodd y ddynas helpu, pa un bynnag ydi hi. Mi gefais swper salad efo ham tun ganddi, a dyma fi yn fy ngwely unwaith eto. Dydi bywyd yn rhyfedd. Rydw i'n deffro a bwyta, ac eistedd a chysgu, ac yn dal i ddisgwyl John. Biti nad ydi o wedi cyrraedd a finna'n ddel wedi cael golchi 'ngwallt.

A rŵan, rydw i yn fy ngwely a'r Bocs Erstalwm ar y dŵfe wrth f'ochr.

Wn i ddim wna i edrych i mewn iddo heno. Mae fy mhen i'n llawn o Mam, o Glenys ac Arthur, ac Elsi, a mam John ... a'r dyn ar y ffôn a pharsel y mae isio talu i'w gael o wrth y drws ... a golchi 'ngwallt a John byth wedi dŵad adra a finna'n disgwyl a disgwyl ... a'r niwl 'ma'n mynnu troi a throsi yng nghanol popeth a chysgod du yn bygwth yn fy mhen i. Rydw i'n gwasgu fy mreichiau amdanaf fy hun rhag i'r darn ohona i sydd rywle y tu mewn imi lithro o 'ngafael a diflannu.

Ond fedra i ddim cysgu a'r bocs yn pwyso'n drwm ar y dŵfe wrth fy ymyl. Rhaid imi chwilio ynddo unwaith eto. Rydw i'n plygu i godi'r caead ac yn palfalu yn ôl ac ymlaen, rownd a rownd, rwtsh ratsh, cyn dewis llun arall.

Dyma fi, yn sefyll o flaen y siop a John wrth y lorri. Rydw i'n cofio'r adeg yn iawn. Dyna pryd y gofynnodd o imi fynd am dro efo fo, jest i gerdded wrth yr afon a mynd am de pnawn yn Caffi Dre wedyn, medda fo.

'Ddoi di, Lydia?'

Mi wyddwn fod Mam a Mr Watkin yn glustiau i gyd yn y siop.

Brathu 'nhafod wnes i, heb dderbyn na gwrthod. Wyddwn i ddim a oeddwn i isio perthynas arall ar ôl smonach Rolant.

'Yli, Lydia,' medda Mam yn ddiweddarach. 'Rhaid iti anghofio'r profiad efo Rolant. Mae hynny drosodd. Meddylia am ddyfodol newydd efo rhywun fel John, sy'n meddwl y byd ohonat ti.'

Roeddwn i mewn cyfyng-gyngor.

'Dydw i ddim yn ei nabod o'n iawn.'

'Rwyt ti'n ei weld o bob wythnos. Ddoi di byth i'w nabod, os na wnei di fentro.'

'Paid â bod yn wirion,' ddywedodd Elsi. 'Be sy arnat ti, dywed? Dim ond isio mynd â chdi am dro mae o.'

Ond doedd Elsi ddim yn gwybod am Rolant a pha mor agos fûm i i golli 'mhen efo hwnnw, nag oedd?

Mynd am dro efo John wnes i, ac roedd o'n glên ac yn gofalu amdana i ac yn diolch imi am ddŵad efo fo. Mi gawson ni de sgons, efo hufen a jam, ac mi brynodd dusw o flodau imi.

'Mi ddoi eto, yn gwnei, Lydia?' gofynnodd.

Nodio wnes i, am fy mod i wedi mwynhau pob eiliad yn ei gwmni, ac am fod mynd efo fo mor wahanol i fynd efo Rolant, yn gynnes a chyfeillgar a ... wn i ddim be, dim ond ei fod yn cyfforddus ac yn iawn, am wn i.

Rydw i'n synfyfyrio uwchben y llun a chofio ... John yn mynd â fi i'r pictiwrs, John yn mynd â fi am ddreif yn y car bach ail-law oedd ganddo, John a fi'n chwerthin wrth gerdded, law yn llaw, a'i gusan, mor wahanol i un Rolant, a ninna'n mwynhau oriau efo'n gilydd. Mi gymerais gyngor Mam a chefnu ar y profiad efo Rolant. Y rŵan newydd yma oedd yn bwysig, nid y gorffennol.

John a fi, fi a John, fel'na y bu hi, bob cyfle gaen ni, a finna'n ei licio fo fwy a mwy bob dydd, ac yn teimlo ton o hapusrwydd yn chwalu drosta i pan fyddai'n galw yn y siop efo'i lorri. Roeddwn i'n gwybod y byddai'n gwenu efo'i wên sbesial arna i ac y byddwn inna'n gwenu'n ôl a theimlo'n hapus ... hapus ... hapus.

'Mae o'n fachgen gwerth chweil,' medda Mam, wrth ei bodd.

Roeddwn i wedi syrthio mewn cariad efo fo, am ei fod yn garedig ac yn annwyl ... fo oedd fy John i.

'Rhaid iti ddŵad i gyfarfod Mam,' medda fo, un diwrnod.

'Iawn,' meddwn inna, heb feddwl eilwaith.

'Dydi Gladys Parry ddim yn ddynas hawdd gwneud efo hi, cofia,' rhybuddiodd Mam. 'Dynas bur ffroenuchel ydi hi. Y gŵr, pan oedd o'n fyw, yn ryw fath o swyddog yn y Cyngor.'

Mi wisgais fy nillad gorau a gofalu fod fy ngwallt yn daclus cyn mynd i'w gweld, gan feddwl gwneud argraff go lew. Dim gobaith! Roedd hi wedi penderfynu cyn fy ngweld.

Fedrwn i ddim peidio â llygadu'r tŷ pan gyrhaeddon ni y pnawn hwnnw. Roedd 'na ardd dwt o'i flaen a drws pren efo dolen gnocio anferth arno. Posh, meddyliais, ond doedd o ddim yn edrych hanner mor gartrefol â thŷ teras Mam a fi, meddyliais wedyn.

A doedd o ddim yn gartrefol y tu mewn chwaith, penderfynais wrth gamu i'r lobi a gweld drych mawr mewn ffrâm arian ar un mur, powlen tsieni unig ar silff oddi tano, a phapur brown unlliw ar weddill y muriau. Roedd y lobi yn oeraidd a digroeso, yn union fel mam John. Cymryd arni ei bod yn croesawu, ond yn hollol wahanol tu mewn.

Mi ges i focs siocled mawr iddi gan Mr Watkin. Y mwyaf yn y siop, medda fo, wrth ei roi yn anrheg imi, ac yntau'n gwybod fy mod i isio gwneud argraff go lew. Ond croeso ffals ges i, a hynny ddim ond pan oedd John yno. Doedd 'na fawr o wên pan gamais trwy'r drws.

'Dyma Lydia, Mam,' medda John.

Cododd o'i chadair.

'Croeso,' medda hi'n ddi-sêl, gan dderbyn y bocs siocled ac edrych arno fel petai hi ddim wedi gweld rhywbeth mor bethma erioed.

Roedd hi'n fy meirniadu o fy nghorun i'm sawdl, ac yn gwneud ceg fain a phletio'i gwefus fel tasa hi wedi llyncu lemwn, ac yna'n smalio gwenu'n glên.

Mi gawson ni de wrth fwrdd bach crwn a hwnnw wedi'i daenu efo lliain ffrilan les. Roedd yna frechdanau ham, a theisen hufen a jam fawr, a phanad lugoer o debot lliw arian. Llugoer oedd y croeso hefyd. Yn amlwg, doedd hi ddim yn fodlon arna i fel cariad i John.

'Doedd dim angen mynd i drafferth, Mam,' medda John, gan lygadu'r bwrdd. 'Mi fuasa panad sydyn wedi gwneud y tro'n iawn.'

'Rhaid cadw safonau,' medda hi, 'rwyt ti ar dy ffordd i fyny yn y byd 'ma.'

'Busnes un dyn ac un lorri, Mam,' cywirodd John, gan chwerthin.

'Amser a ddengys,' pwysleisiodd ei fam, fel oracl y dyfodol.

Doedd ganddi fawr i'w ddweud wrth y bwrdd te, ddim ond gwylio pob tamaid rois i yn fy ngheg nes roedd fy nwylo'n fodiau i gyd.

'Tybed wnei di lenwi'r bwced efo glo tân imi?' gofynnodd, yn ddiweddarach.

'Siŵr iawn,' medda John, ar unwaith.

Prin yr oedd o wedi rhoi'i droed allan na ddechreuodd hi arni.

'Yn un o'r tai teras bach 'na dach chi'n byw?' holodd, efo pwyslais ar y 'bach', 'ac yn gweithio yn Siop Watkin?'

'Ia,' meddwn i'n foel.

'Hmm!' oedd yr ymateb, mewn llais llawn beirniadaeth. 'Wrth gwrs,' meddai, cyn imi ddarganfod gair arall ar fy nhafod, 'mi fydd John angen rhywun proffesiynol i'w helpu i redeg ei fusnes yn y dyfodol agos. Dyna pam rydw i mor ddiolchgar ei fod o'n ffrindia ... wel, mwy na ffrindia, a dweud y gwir, efo Jane, merch fy ffrind. Mae hi'n gweithio mewn swyddfa yn y dre. Mae'r ddau ohonyn nhw'n byw a bod efo'i gilydd.'

'Neis iawn,' meddwn i, gan gymryd arnaf nad oeddwn i'n malio dim.

Ond roeddwn i'n fflamio tu mewn. Sut allai John fy nhwyllo fel'na a finna'n credu ein bod ni'n gariadon o ddifri? Roedd o 'run fath â Rolant, ac allwn i ddim ymddiried iotyn ynddo fo eto.

Rydw i'n pwyso'n ôl ar y gobennydd ac yn meddwl am John ac yn cofio'r ffrae gawson ni ar ôl gadael y te bach neis yn nhŷ ei fam erstalwm.

'Pam na fuasat ti'n dweud bod gen ti gariad arall?'

'Does gen i ddim.'

'Dydw i ddim isio bod efo chdi os oes gen ti gariad arall.'

'Does gen i ddim. Neb ond chdi.'

'Pam oedd dy fam yn dweud petha fel'na 'ta? Ffrindia, ond mwy na ffrindia, ddeudodd hi. Efo Jane. Honno sy'n gweithio mewn swyddfa yn y dre.'

'Jane!' medda John, gan wenu. 'Mae Mam yn dal i obeithio. Ond ffrindia ydi Jane a finna.'

'Ond ydi hi'n hen gariad iti?'

'Ffrindia ydan ni erioed. 'Run fath â chdi ac Arthur. Doeddach chi ddim yn gariadon, medda chdi.'

'Nac oeddan. Ond roedd dy fam mor siŵr. Pam fuasa hi'n dweud hynna heb ei gredu fo?'

Roeddwn i'n dal i fflamio tu mewn. Ond mi barciodd John y car a throi ata i.

'Yli, Lydia, chdi ydw i'n ei charu a chdi ydw i isio'i phriodi. Wnei di?'

'Wna i be?'

'Fy mhriodi, siŵr iawn.'

'Ddim os oes gen ti gariad arall.'

Ochneidio ddaru John.

'Yli,' medda fo. 'Fel'na mae Mam. Trio creu perthynas rhyngdda i a Jane.'

Roedd ei freichiau'n dynn amdana i erbyn hyn a fy mhen inna'n pwyso'n braf ar ei ysgwydd.

'Deuda "gwnaf", neu mi fydda i'n rhacs mân!'

Chwerthin wnes i wrth glywed hynny, ond mi ddeudis i 'gwnaf' yn reit bendant a rhannu cusan gynnes, gariadus yn llawn sicrwydd efo fo wedyn. Roeddwn i'n byrlymu o hapusrwydd ac ar dân isio mynd adra i rannu'r cyfan efo Mam.

Roedd hi'n wên i gyd pan gyrhaeddon ni'r tŷ a hithau'n gweld dau wyneb mor hapus yno ar y trothwy.

'Croeso mawr, John,' medda hi, 'mi ... www ...' ochneidiodd, gan fynd i'w chwman am eiliad.

'Be sy?' holais.

'Poen sydyn,' medda hi'n gyndyn. 'Wedi'i gael o unwaith neu ddwy yn ddiweddar. Camdreuliad ...'

Ond roedd golwg anghyffordddus arni.

'Steddwch am dipyn bach,' meddwn i, a'i harwain at gadair cyn brysio i nôl diod o ddŵr iddi.

'Well inni gael y doctor,' medda John, wrth weld Mam yn brathu'i gwefus ac yn annifyr ei byd.

'Na ... na,' griddfanodd Mam. 'Mi fydda i'n well mewn munud.'

Ond erbyn i'r doctor gyrraedd, roedd hi'n llwyd ac yn chwys ac yn wironeddol sâl efo'r poenau.

'Clefyd y galon,' oedd dyfarniad hwnnw. 'Archwiliad yn yr ysbyty a llonydd pan ddowch chi adra wedyn, dyna ydi'r peth gora. Oes ganddoch chi ffôn imi gael galw am ambiwlans?'

Ond doedd ganddon ni ddim. Roedd ffôn yn ddrud a Mam a finna'n methu fforddio.

'Fedra i ddim mynd i'r ysbyty,' medda Mam, yn wantan. 'Rydw i'n gweithio yn Siop Watkin.'

'Mi fydd Mr Watkin yn dallt, siŵr iawn,' meddwn i, wrth gofio cymaint o ffrindia oedden ni efo fo erbyn hyn.

Doedd ganddi ddim dewis, ond roedd hi'n poeni am fethu talu biliau a hithau yn yr ysbyty.

'Mi fyddwn ni'n iawn, Mam,' meddwn i'w chysuro, gan afael

yn ei llaw. 'Gwella sydd isio i chi wneud rŵan. Yr ysbyty ydi'r lle gorau i hynny.'

'Mi ofala i am Lydia,' addawodd John.

'Ond ...' medda Mam eto.

'Mae John gen i,' meddwn i. 'Dim angen ichi boeni.'

Mi es i efo hi yn yr ambiwlans, a John yn ein dilyn yn ei gar. Fedrwn i ddim diodda gweld Mam mor wael a'i hwyneb yn wyn gan boen a chwys.

Mi gafodd sawl prawf yn yr ysbyty a finna ar bigau'r drain wrth ddisgwyl am y canlyniadau. Trawiad calon gafodd hi, ac aros yno fu'n rhaid iddi, er mwyn gwella.

'Dos adra, 'ngenath i,' medda hi. 'Mi fydda i'n well ymhen dim.'

Roeddwn yn poeni wedi cyrraedd adra, ond mi arhosodd John nes y daeth Mr Watkin i gadw cwmpeini i mi am chydig. Roedd yntau'n poeni hefyd, er ei fod o'n ceisio bod yn gadarnhaol a dweud y byddai Mam adra'n fuan, wedi iddi wella.

'Cofia,' medda John, 'mi fydda i ar gael, dim ond iti anfon negas.'

Rydw i'n syllu i bwll y cofio a'r hiraeth wrth ail-fyw'r cyfan. Mam yn yr ysbyty a finna'n gweithio oriau ychwanegol yn y siop i dalu'n ffordd ... Mr Watkin yn dŵad efo fi i'r ysbyty bob cyfle gâi o, John yn cwtogi'i waith efo'r lorri bob dydd, a mam John yn mynd trwy'i phethau, bob cyfle gâi hithau.

'Mae John yn rhedeg yn ôl a blaen i'r ysbyty,' cwynodd. 'Gobeithio na fydd ei fusnes yn diodda.'

Roedd hi fel tôn gron, a finna efo digon i boeni amdano heb wrando ar ei geiriau slei.

'Ella fod 'na fws fuasa'n gyfleus ichi,' medda hi wedyn.

Roeddwn i wedi cael llond bol, ond doeddwn i ddim am gwyno wrth John a hithau'n fam iddo. Ond doedd dim hwyl ar Mam, a golwg sobor ar wynebau'r nyrsys bob tro yr oeddwn i'n holi amdani.

Ond roedd John yno imi.

'Dim ond dweud sydd isio, ac mi fydda i efo chdi'n syth,' addawodd, drosodd a throsodd. 'Ffonia Mam.'

Ac yna, un diwrnod, mi ddaeth yr alwad i'r siop, yr alwad honno roeddwn i'n ofni ei derbyn ers dyddiau, wrth weld nad oedd Mam yn gwella. Roedd angen imi fynd i'r ysbyty ar unwaith. Mi gynigiodd Mr Watkin gau'r siop a dŵad efo fi, am na wyddwn i ble byddai John ar ei daith ddosbarthu, ond mi ddefnyddiais ffôn y siop i holi'i fam.

'Gweithio'n bell heddiw, dyna ddwedodd o,' medda honno'n felys.

'Ond maen nhw isio imi fynd rŵan. Mae'n rhaid ei fod o'n bwysig. Ac mae John wedi addo,' eglurais yn ddagreuol.

'Mi fydd adra ddiwedd y pnawn,' medda hi. 'Mi ddaw'r adeg honno.'

Wnaeth hi ddim cyfadda fod ganddi syniad sut i gael gafael arno a wnes inna ddim meddwl am ei holi y noson gynt.

'Mi gaea i'r siop,' medda Mr Watkin unwaith eto, a'i wyneb yn llawn pryder.

Roeddwn i ar bigau drain yr holl ffordd i'r ysbyty, a fy ewinedd yn brathu cledrau fy nwylo'n boenus. Ond roedd troed Mr Watkin yn drwm ar y sbardun ac yntau'n poeni gymaint â finna.

Mi redais o'i flaen i'r ward ac yntau'n dynn ar fy sodlau. Ond roedden ni'n rhy hwyr. Cafodd Mam boenau a thrawiad drwg arall cyn i ni gyrraedd, a doedd dim gwella iddi y tro yma.

Roeddwn i'n fôr o ddagrau wrth sefyll ger y gwely, yn syllu ar ei chorff llonydd, yn gwybod fy mod i wedi colli darn mawr ohonof fy hun. Mam a fi, fu mor agos at ein gilydd erioed.

Roedd lwmp yn fy ngwddw wrth feddwl amdani'n wael a finna wedi methu â chyrraedd i ffarwelio a chael gafael yn ei llaw. Ond roedd Mr Watkin yno, yr un mor ypsét â fi, a'i fraich amdana i yn gysur.

Mi gyrhaeddodd John â'i wynt yn ei ddwrn o'r diwedd.

'Sori,' medda fo. 'Newydd glywed gan Mam.'

'Mae hi wedi mynd ... wedi marw,' wylais yn dorcalonnus.

'Lydia bach,' cysurodd, â'i freichiau amdanaf. 'Mae'n ddrwg gen i nad oeddwn i yma efo chdi.'

Roedden ni'n dri digalon yn gadael yr ysbyty.

'Diolch,' medda fi wrth Mr Watkin, gan ei gofleidio cyn mynd adra i'r tŷ teras efo John.

'Ffrind yntê, Lydia bach,' medda Mr Watkin yn deimladwy wrth ymadael, a'i lygaid yn llawn dagrau. 'Dy fam yn un o fil.'

Roeddwn i'n unig wedi i John fynd adra y noson honno. Mi gynigiodd aros, ond roeddwn i isio llonydd, i gofio a hiraethu am Mam.

'Mi fydda i yma ben bora fory,' addawodd.

Fo ofalodd am drefniadau'r angladd a phopeth arall, er i Mr Watkin gynnig gwneud popeth i helpu. Ond roedd John gen i.

'Ty'd i aros efo ni am chydig,' cynigiodd, yn ddiweddarach.

'Be? Efo dy fam?'

Fedrwn i ddim credu 'nghlustiau. Doedd 'run o 'nhraed i am fynd yn agos ati. Ond dyna fo, doeddwn i ddim wedi sôn gair wrtho pa mor annifyr oedd hi efo fi.

'Well gen i fod adra.'

Ond roedd y tŷ yn oeraidd ac unig wedi iddo adael bob

gyda'r nos, er iddo addo dŵad ata i yn gwmpeini ar ôl iddo orffen ei waith lorri bob dydd, ac mi fyddai Mr Watkin yn galw bron bob nos. Ond roedd yr unigrwydd yn fy nharo i'r byw, heb Mam.

Ac roedd drws nesa yn wag ers misoedd rŵan, ar ôl i Mrs Roberts oedd yn arfar byw yno fynd at ei merch. Ond roedd rhywun wedi prynu'r tŷ, wyddwn i ddim pwy, chwaith. Ond mi welais ferch ifanc yn mynd a dŵad iddo fo. Mi wenodd arna i a chodi'i llaw, ond doedd gen i fawr o ddiddordeb yng nghanol fy hiraeth. Er, roedd yn braf meddwl y buasa gen i gymydog newydd. Falla y byddai hi'n ffrind!

Mi alwodd Elsi. Roedd hi'n fy nghofleidio fel tasa hi byth am fy ngollwng, ac yn crio efo fi.

'Be wnei di rŵan, Lydia?' holodd. 'Wyt ti am fynd yn ôl i'r siop yn o fuan?'

Ysgwyd fy mhen ddaru mi, er fy mod i'n gwybod bod yn rhaid imi fynd er mwyn talu am yr angladd a ballu. Ond roeddwn i'n casáu meddwl am fynd yn ôl i weithio, am na fyddai Mam y tu ôl i'r cownter efo fi. Ond doedd hi ddim yma, adra, chwaith, nag oedd!

'Dim angen ichi frysio'n ôl, Lydia,' dyna ddywedodd Mr Watkin. 'Pan fyddwch chi'n barod, 'ngenath i.'

Mi alwodd perchennog newydd y tŷ drws nesa. Sioned ydi'i henw hi.

'Jest dŵad i gydymdeimlo,' medda hi. 'Fydda i ddim yn dŵad i fyw drws nesa am rai wythnosau,' eglurodd wedyn. 'Chydig o waith ar y tŷ. Ond pan fydda i yno, cofiwch, mi fydda i'n barod iawn i helpu unrhyw adeg.'

Roedd hi'n swnio'n un reit gyfeillgar. Roeddwn i'n

ddiolchgar iddi am alw i gydymdeimlo hefyd. Ella y byddwn ni'n ffrindiau, meddyliais. Mi fuasa'n braf cael rhywun i siarad efo nhw.

Rydw i'n gorwedd yma ac yn cofio a chofio.

Roedd diwrnod yr angladd yn wlyb a gwyntog, y capel yn llawn a John yn eistedd ar un ochr imi a Mr Watkin yr ochr arall. Roedd fy nhu mewn yn crynu'n oeraidd ddi-baid wrth imi eistedd yno'n syllu ar yr arch a sylweddoli'n drymaidd mai hwn oedd fy ffarwél olaf â Mam. Ond roedd bysedd John yn gymorth cynnes am fy llaw a llais isel Mr Watkin wrth fy nghlust ...

'Dal ati, Lydia bach.'

Chlywais i fawr o eiriau'r gweinidog trwy'r gwasanaeth, dim ond deall eu bod yn barchus a charedig wrth gofio amdani. Yna mi gododd Mr Watkin a chamu ymlaen i wynebu pawb.

'Gair o werthfawrogiad ar ran teulu a ffrindia Meri Jones,' meddai. 'Un fu'n ffyddlon a charedig, yn fanesol bob amser a chyda gwên groesawus trwy gydol ei hoes. Mae'r golled yn fawr i bawb ohonom oedd yn ei nabod, ond yn arbennig felly i Lydia ...'

Roeddwn i'n ddiolchgar iddo trwy fy nagrau ac yn gwybod ei fod yntau, hefyd, yn meddwl y byd ohoni. Roedd sefyll ac ysgwyd llaw a derbyn cydymdeimlad hwn ac arall bron â mynd yn drech na fi, ond roedd John a Mr Watkin wrth fy ochr.

Mi ddaeth mam John i'r angladd hefyd, ond doedd fawr o wir gydymdeimlad yn ei llygaid, er iddi afael amdanaf a fy ngwasgu ati wedi inni gyrraedd y tŷ.

'Rhaid diolch iddi gael gofal ysbyty,' medda hi.

'Bydd,' cytunais yn ddagreuol, yn teimlo mor ddiolchgar ei bod hi'n dangos cydymeimlad o'r diwedd.

Ac wrth gwrs, roeddwn inna'n diolch am ofal yr ysbyty. Mi

wyddwn fod y nyrsys a'r doctoriaid wedi gofalu amdani, ond ei bod hi'n rhy sâl i wella.

Roeddwn i wedi paratoi te bach i bawb ar ôl yr angladd. Roedd John efo fi yn croesawu ac yn symud o un i un efo paneidiau te a ballu. Wrth gwrs, eistedd, fel ledi, ddaru ei fam ond, yn rhyfeddol, mi gododd i olchi'r llestri a chlirio wedi i bawb adael. Ella ei bod hi'n meddalu chydig wedi imi golli Mam. Ond roeddwn i'n rhy ddigalon i glosio ati ac yn methu anghofio sut y bu hi efo fi o'r blaen.

'Yli, Lydia,' medda John, ar ôl i bawb adael ac ar ôl iddo ddanfon ei fam adra. 'Rydw i isio gofalu amdanat ti. Wyt ti'n fodlon priodi rŵan?'

Ond llugoer oedd derbyniad mam John, wrth gwrs. Ddaru'r meddalu ar ddiwrnod yr angladd ddim para'n hir.

'A lle dach chi am fyw?'

Wel, ddim efo hi, roedd hynny'n siŵr, meddwn i wrtha i fy hun.

Mae fy meddwl yn crwydro wrth imi ail-fyw'r dyddiau hynny a chofio pa mor garedig fu Mr Watkin. Roedd o'n gwneud ei orau i 'nghysuro, ac yn pwysleisio nad oedd yn rhaid imi frysio'n ôl i'r siop.

'Dowch pan fyddwch chi'n barod, Lydia,' medda fo droeon.

'Diolch,' medda finna, gan wybod bod rhedeg y siop yn anodd iddo ar ei ben ei hun. Roeddwn i'n poeni am dalu fy ffordd hefyd, wrth i fwy o filiau gyrraedd bob dydd. Angladd Mam a thrydan a rhent a ballu.

Mae'r cofio yn llenwi fy mhen. Rydw i awydd chwilota ymysg y lluniau unwaith eto a chofio rhagor, ond mae'r niwl yn dechrau troelli a'r wynebau, y bobl a'r digwyddiadau'n troi fel chwyrligwgan o 'nghwmpas i, a finna ar goll yn eu canol nhw.

Mae cloc yn taro yn rhywle, a finna'n trio gwrando a chyfri, ond mae cwsg yn fy meddiannu.

4.

Rydw i'n effro ac yn edrych ar lofft ddiarth, ond eto, rydw i'n ei nabod hi ac yn gwybod fy mod i wedi bod ynddi o'r blaen. Tybed oes 'na bentwr o sgidiau yn y wardrob? Dim ots. Dydw i ddim am godi i weld, er 'mod i'n meddwl eu bod nhw yno. Rhyfedd, 'te?

Dydw i ddim yn cofio bod yma o'r blaen, ond mae'r Bocs Erstalwm ar y gwely. Debyg bod rhywun wedi dŵad â fo yma.

Tybed ddylwn i godi? Does 'na neb wedi dweud 'codwch', ond ella eu bod nhw i ffwrdd yn rhywle. Wrth orwedd yma, rydw i'n edrych ar y craciau ar y nenfwd uwch fy mhen. Maen nhw'n crwydro yma ac acw, wn i ddim i ble, ond maen nhw'n gyfarwydd, fel petawn i wedi'u gweld nhw o'r blaen.

Rydw i'n mwytho'r bocs wrth fy ochr. Fy erstalwm i sydd ynddo. Mae'n rhyfedd sut yr ydw i'n cael gafael ar y cofio wrth chwilota y tu mewn iddo, er bod y cyfan yn rwtsh ratsh, 'nôl a blaen, a fi yn eu canol nhw.

Mae 'na sŵn i lawr y grisiau a rhywun yn dringo'n swnllyd i'r llofft a rhyw ddynas yn dŵad i mewn.

'Barod i godi, Lydia?'

'Pwy dach chi?' gofynnaf

'Louise, Lydia. Dach chi ddim yn cofio? Mi fydda i'n eich helpu i godi a chael brecwast.'

'Dach chi'n byw yma?'

'Dŵad yma i helpu, Lydia.'

Tybed welais i hi o'r blaen?

'Pam dach chi'n gwisgo'r hen beth 'na dros eich ceg?'

'Am fod y Covid o gwmpas, Lydia. Rhaid i ni ei wisgo fo pan fyddwn ni'n dŵad i helpu.'

'Ydw i isio help?'

'Ar ôl y niwmonia, a chitha wedi bod yn yr ysbyty.'

'Ches i ddim niwmonia. Dwi wedi bod yn iach ar hyd f'oes.'

Mae hi'n edrych yn od arna i, ond does dim ots gen i. Hi a'i niwmonia. Fûm i ddim yn yr ysbyty neu mi fuaswn i'n gwybod. Rydw i'n taflu'r dŵfe o'r neilltu wrth gofio am John.

'Rhaid imi godi. Mi fydd John yma yn y munud.'

Mae hi'n edrych yn od arna i eto.

'Well ichi molchi gynta. Dach chi am gymryd cawod?'

'Cawod? Ydi hi'n bwrw glaw? Mae gen i ddillad ar y lein. Mi fyddan nhw'n socian.'

Rydw i'n mynnu mynd at y ffenest i weld.

'Cawod ... ydi *shower* molchi, Lydia.'

'Dydw i ddim yn licio'r hen beth hwnnw. Bwrw ar fy 'sgwydda i.'

A dydw i ddim yn licio molchi'n noeth lymun tra mae rhywun yn gwylio a smalio helpu. Dim preifatrwydd. Pobl yn ddigywilydd, a finna ddim yn eu nabod nhw.

Ond cael y gawod annifyr 'na ddaru mi. Strach! Mae'r coesau niwmonia 'ma yn methu â chamu i mewn i'r bàth mawr gwyn sydd ganddon ni, a dydw i ddim yn licio sefyll ynddo wedyn efo'r dŵr yn bwrw glaw ar fy mhen i.

'Biti nad oes gynnoch chi gawod ar wahân,' medda'r ddynas helpu.

Digon hawdd iddi hi siarad. Does ganddon ni ddim arian i bethau ffansi, ac mi fydd John yn dweud hynny wrthi hefyd, pan ddaw o adra.

Rydw i'n gwenu wrth gofio'r molchi bàth pan fydd o yma efo fi. Mi fydda i'n arllwys dŵr iddo ac yn gorwedd ynddo'n socian a chysgu bron, nes y bydd John yn galw o'r landin:

'Wyt ti wedi diflannu i lawr y beipen ddŵr 'na, Lydia?'

Ac mi fyddwn ni'n dau yn chwerthin a finna'n camu o'r bàth wedyn a John yn dal y tywel mawr, a dim ots gen i fy mod i'n noeth lymun. John ydi o, 'te!

Mi fuasa'n well gen i molchi fesul dipyn y bore 'ma, yn union fel y byddwn i'n ei wneud pan oeddwn i'n fychan efo Mam erstalwm. Ond dyna fo, 'rhen gawod 'na ges i. Wn i ddim pam na wnaiff y ddynas 'ma, hi a'i helpu, fynd i lawr y grisiau i wneud brecwast yn lle sefyll yma'n llygadog. Ofn imi syrthio wrth gamu dros ymyl y bàth, medda hi. Twt!

O'r diwedd, rydw i wedi cyrraedd i lawr y grisiau ac yn cael brecwast ganddi.

'Pwy dach chi hefyd?'

'Louise, Lydia. Dŵad yma i helpu bron bob dydd.'

Dyna gelwydd noeth. Mi fuaswn i'n cofio'i gweld hi.

Mae'r drws yn agor a Sioned Drws Nesa yn dŵad i mewn. Mi fydd hi'n gwybod be i'w wneud efo'r ddynas ddiarth 'ma. Rydw i'n gafael yn ei braich.

'Pwy ydi hi, Sioned?'

'Louise. Un o'r merched helpu.'

'Oes gen i lot ohonyn nhw?'

'Oes. Louise, Gwen a Carys.'

Carys gwallt melyn, yn lle du. Rydw i'n cofio'i gweld hi. Roedd hi'n fy ngalw'n Anti Lydia, ond wn i ddim pam. Mi wnes i ganu efo hi, cân suo doli erstalwm, medda hi. Rhyfedd, 'te!

'Rydw i'n cofio hogan fach ddel efo gwallt du. Y Carys helpu 'na oedd hi, Sioned?'

'Gwallt melyn ganddi rŵan, Lydia.'

Rydw i'n trio cofio Carys gwallt du a'r Carys Anti Lydia gwallt melyn. Ydyn nhw'n nabod ei gilydd?

'Melyn potel, 'te, Sioned?' medda fi, o'r diwedd, wedi cofio.

Mae Sioned yn fy arwain at y gadair.

'Steddwch yn fanna ichi gael eich panad.'

Rydw i'n dechrau chwerthin.

'Panad ... a phanad ... a phanad.'

'Eli i'r galon,' cytunodd Sioned.

Chwerthin ydw i wrth i'r niwl od 'na glirio chydig, a finna'n dechrau cofio pethau eto. Wrth gwrs, Louise ydi'r ddynas helpu heddiw, un o'r rheiny sy'n dŵad yma bob dydd. Wn i ddim pam mae hi'n dŵad, chwaith. Mae gen i ddwy law a dwy droed. Maen nhw'n mynnu sôn am ysbyty a niwmonia. Dydw i'n cofio dim am hynny, er, mi fydda i'n amau weithiau eu bod nhw'n dweud y gwir. Mae Sioned yn gwybod.

Mae'r ddynas helpu'n sgwennu yn y ffeil a finna'n eistedd yma efo Sioned a phanad.

Un dda ydi Sioned Drws Nesa. Ffrind. Mae hi'n byw ar ei phen ei hun drws nesa. Mae hi'n dŵad yma bob cyfle gaiff hi. Waeth iddi fyw efo ni ddim, dyna fydd John yn ddweud, pan fydd o yma. Ond mae o'n hoffi'i gweld hi, fel finna.

Rydan ni'n ei chroesawu i'n tŷ ni am ei bod hi'n ffrind go iawn, ac Elsi wedi mynd i rywle, wn i ddim i ble. Ond mae Sioned yn swpera efo ni'n aml.

Rydw i'n dechrau chwerthin wrth gofio'r pwdin arbennig hwnnw wnes i un swper.

'Nid pwdin reis â chroen brown arno fo gei di heno,' meddwn i wrth John, gan chwifio'r cylchgrawn brynais i yn Siop

Watkin i ddangos y llun. 'Teisen lemwn efo *meringue* a hwnnw fel to drosti, yli.'

'Ydi hi cystal â'r pwdin reis croen brown?' holodd John, gan wenu.

'Mae isio arbrofi weithia,' meddwn i'n llawn brwdfrydedd.

Ond y gwir amdani oedd nad oeddwn i'n un dda iawn am goginio bwyd ffansi, a phan gyrhaeddodd y deisen lemwn *meringue* y bwrdd swper, roedd y *meringue* wedi cwympo'n sypyn gwyn ar ochr y plât. Roedd Sioned a John yn eu dyblau!

'Hidia befo, Lydia,' medda John, wrth weld fy wyneb lliw tomato. 'Y blas sy'n cyfri.'

Ac mi fwytaodd o sawl tamaid ohoni hefyd a dweud ei bod hi'r orau gafodd o erioed, ond mai pwdin reis croen brown oedd ar ben y rhestr, er hynny.

'John a'i bwdin reis croen brown,' medda fi, wrtha i fy hun, rŵan, gan chwerthin.

'Cael hwyl, Lydia?' holodd Sioned.

'Cofio John a'r pwdin reis croen brown,' medda fi.

Rydan ni'n dwy yn chwerthin.

'A'r deisen lemwn efo'r to *meringue* hefyd,' medda Sioned.

'Ia,' meddwn inna.

Mae caead y Bocs Erstalwm ar gau, a finna'n llymeitian y banad yn fodlon am fy mod i'n dechrau cofio unwaith eto: cofio'r pwdin reis croen brown a'r deisen lemon to *meringue* a chofio pobl ... Glenys, ac Arthur, ffrindiau ... ia, cusanu ... na; ... cofio Carys efo gwallt du a hwnnw'n felyn rŵan, ac yn cofio Elsi yn mynd i nyrsio ... a Mr Watkin yn y siop, a Mam yn sâl yn yr ysbyty ... a mam arall hefyd, mam John, y ddynas annifyr 'na, ac yn cofio ... ble mae John?

'John yn hwyr, tydi, Sioned,' meddwn i.

Nodio ddaru Sioned.

Pam mae'r düwch 'na'n cropian trwy fy meddyliau a finna'n methu â chael gwared ohono fo? Ella yr aiff o i ffwrdd pan ddaw John adra. Ond mae'r düwch yn mynnu cynyddu, yr hen felltith iddo fo, a 'nychryn i.

Rydw i'n stwyrian yn annifyr yn y gadair wrth imi chwilio drwy'r niwl 'ma yn fy mhen.

'Dwi'n cofio pawb, dydw, Sioned?'

'Ydach, siŵr.'

Ble mae John? Allan efo'r hen lorri 'na eto. Rhaid imi ofyn iddo roi'r gorau i grwydro'r wlad bob awr o'r dydd fel hyn.

Tybed ydi hi'n amser cinio?

Mae lleisiau'r ddynas helpu a Sioned yn y gegin erbyn hyn. Maen nhw'n sôn am rywun sy'n anghofus iawn. Ond dydi o'n ddim byd i'w wneud efo fi. Rydw i'n berffaith fodlon yn y gadair 'ma, yn disgwyl am John.

'Ydach chi'n iawn, rŵan, Lydia?' holodd y ddynas helpu, wrth wisgo'i chôt ac anelu at y drws.

Go lew ydw i, a finna'n trio cofio, ond dydw i ddim yn dweud hynny.

'Panad arall cyn imi fynd?' cynigiodd Sioned. 'Mi ddo' i yma'n nes ymlaen i weld ydach chi angen rhywbeth arall.'

Rydw i'n boddi mewn paneidiau te a phobl yn ffysian nes mae fy mhen i'n troi, â'r tŷ 'ma fel un o siopau mawr y dre, rhyw fynd a dŵad trwy'r dydd a neb yn aros yn hir.

Ond maen nhw wedi mynd o'r diwedd, a does neb ond y fi honno sydd ar goll, a'r Bocs Erstalwm, ar ôl. Rydw i'n estyn amdano ac agor y caead. Mae pentwr o luniau ynddo a finna'n eu bodio, un ac un.

Mae 'na amlen wen yn eu canol hefyd ond rydw i'n gwrthod

edrych arni, am fod gen i ofn. Wn i ddim ofn be, chwaith, ond mae ofn yno, y tu ôl i'r niwl.

Dyma lun priodas rhywun! Llun dau yn gwenu'n glên. Sgwn i ydyn nhw'n hapus, y ddau 'na sy'n priodi?

Wrth gwrs eu bod nhw'n hapus. John a fi ydyn nhw.

Cofio ...

Mae'r haul yn tywynnu a finna mewn ffrog wen laes a thusw o flodau yn fy llaw, a 'nghalon yn llawn hapusrwydd wrth feddwl bod John yn disgwyl amdana i yn y capel.

'Cymer ofal,' rhybuddiodd Elsi, 'a, bendith 'tad iti, gwylia sut rwyt ti'n cerdded, neu mi fyddi'n lledan efo'r ffrog 'na.'

Mae John yn disgwyl a'i wyneb yn llawn cariad. Fedra i ddim peidio â gwenu wrth gyrraedd ato, er imi weld wyneb lemwn ei fam trwy gil fy llygaid. Mi fydda i'n Mrs John Parry mewn chwinciad, ac wfft iddi hi a'i surni.

'Gymeri di y gŵr hwn yn ...'

Mae llais y gweinidog yn fy nghlustiau a gwên John o flaen fy llygaid, ac Elsi yn forwyn a ffrind John yn was, a'r fodrwy ar fy mys a John yn rhoi cusan gynnes, annwyl imi o flaen pawb.

Cofio rŵan. Maen nhw i gyd yma efo fi, a finna'n teimlo'n hapus ... hapus ... hapus. Dyma ni, yn ŵr a gwraig. Mr a Mrs John Parry, yn un, er gwaetha'i fam.

Mae'r haul yn tywynnu a phawb yn gwenu, pawb ond hi. Mae hi'n edrych yn sur, er ei bod hi'n smalio gwenu'n glên. Ond dim ots gen i amdani. Fi a John sy'n bwysig. Braf! Rydw i'n rhannu cusan efo John, ac yn gafael yn ei law, ac yn gwenu ar bawb, ac yn hiraethu am Mam am nad ydi hi yma i rannu popeth.

Rŵan, rydw i'n bodio llun y briodas, ac yn dotio wrth gofio'r hapusrwydd.

Mi gawson ni ginio bach mewn gwesty, a phobl yn codi i ddymuno pob lwc, a phentwr o anrhegion ar y bwrdd wrth ymyl y deisen briodas. Anrheg gan Mr Watkin oedd y deisen. Doedd hi ddim yn un fawr, ddim yn gweiddi arian fel y buasa mam John wedi'i ddymuno, ond dim ots am hynny. Ein teisen ddathlu ni oedd hi. Mae'n debyg fod mam John yn ei gweld hi'n ddigon pitw, ond wnaeth hi ddim cynnig rhoi llaw yn ei phwrs ariannog i helpu allan, chwaith. Mi afaelon ni'n dau yn y gyllell a thorri'r tamaid cyntaf, cyn i John sefyll i ddiolch i bawb am ddŵad, ac i ddweud un mor sbesial oeddwn i, a'i fod o'n ddyn lwcus yn fy nghael i'n wraig. Da, 'te!

Mi gawson ni un noson arbennig yn y gwesty, fel mis mêl cwta, a ninna'n mwynhau bod yn fyddigions am yr unig dro yn ein bywydau, a chael tendans a bwyd ardderchog wedi'i baratoi ar ein cyfer, ac yn gwenu ac anwylo dwylo, a gwybod y bydden ni'n hapus, hapus efo'n gilydd. A dringo i'r llofft wedyn, a rhannu corff a gwely a deffro yr un mor hapus. Fi a John. John a fi.

A drannoeth ...

Mrs Lydia Parry oeddwn i rŵan a Mr a Mrs John Parry oedden ni'n dau. Braf, 'te!

Mi aethon ni i fyw i'r tŷ teras hwnnw roedd ei fam yn troi ei thrwyn arno. Doeddwn i ddim am fyw o dan ei bawd hi, ac mi ddeudis i hynny wrth John hefyd ... wel, dweud mewn ffordd neis. Dweud mor braf fuasa bod ar ein pen ein hunain, a ninna newydd briodi, a'r tŷ teras yno'n disgwyl amdanon ni.

Rŵan rydw i'n anwylo'r llun wrth gofio pa mor hapus oedden ni. Bywyd cytûn, dim ond ni ein dau ac ambell ymweliad gan ei fam, iddi gael dangos nad oedd pethau yn ei phlesio ac i wneud ceg gam wrth fwyta'r cinio, fel tasa fo'n wenwyn pur. Ond mae hi'n fam i John a rhaid imi ddiodda heb gwyno, ond mae'n andros o anodd weithiau.

Mae'r atgofion yn llifo a'r niwl yn troelli a chilio mymryn a finna'n cofio ...

Roedden ni'n dyheu am blant i rannu ein hapusrwydd, ond aeth blynyddoedd heibio, a ninna'n digalonni. Ac yna, ar ôl blynyddoedd o briodas, jest pan oedden ni wedi rhoi'r gorau i obeithio, roeddwn i'n disgwyl babi, a finna'n bedwar deg. Tybed oeddwn i'n rhy hen i gael un? A doeddwn i ddim yn siŵr, p'run bynnag, ond chefais i ddim misglwyf ers deufis.

'Well iti roi'r gorau i weithio,' medda John, a'i freichiau'n cau amdana i.

'Ddim eto,' meddwn i. 'Mae'n rhy fuan.'

'Meddylia,' medda fo. 'Ein babi ni.'

Roedden ni ar goll yn ein breuddwydion.

'Mi beintia i y llofft fach ac mi awn ni i brynu cot a phethau'n barod,' medda John, ei lygaid yn pefrio.

'A chael dillad babi a siôl a ...'

Mi edrychon ni'n dau ar ein gilydd a gwenu, a gwenu, wrth ddychmygu'r dyfodol.

'Llongyfarchiadau, Mrs Parry,' medda'r doctor pan es i ato fo. 'Mi fydda i angen eich gweld 'mhen mis, jest i gadarnhau fod popeth yn iawn.'

Mi gyrhaeddais adra'n llawn hapusrwydd a ffonio Elsi.

'Disgwyl babi?' Roedd hi'n gweiddi yn fy nghlust. 'Mi fydda i'n Anti Elsi!'

'Mi fydda inna'n fam,' meddwn inna.

'O ...'

Distawrwydd sydyn.

'Ond fydda i ddim yma, na fyddaf!'

'Pam? Lle byddi di?'

'Iwerddon efo Padrig. Ro'n i am ddweud wrthat ti. Priodi'n fanno, dydw.'

'Ond ... pam fanno?'

'Am fod Padrig yn dechra doctora yno'n syth. Roedd yn rhaid disgwyl iddo raddio go iawn. Blynyddoedd, doedd. Ac mi rydw inna'n Sister rŵan, tydw.'

'O, Elsi ...'

Roeddwn i bron â chrio wrth feddwl y byddai hi mor bell a finna'n disgwyl babi, a hithau'n ffrind oes, er bod Sioned Drws Nesa gen i rŵan, a doedd Elsi ddim wedi gofyn imi fod yn forwyn briodas iddi, a sut medrwn i fod, p'run bynnag, a hithau am briodi 'mhell yn Iwerddon, a fy mywyd inna'n newid, a ... a ...

Ond roedd John a finna'n hapus a'i fam yn hanner meddalu wrth feddwl y byddai hi'n nain o'r diwedd.

'Rhaid ichi gymryd gofal,' medda hi, 'a rhoi'r gorau i weithio yn y siop 'na.'

Roedden ni'n dau mor hapus wrth ddewis paent a llenni i'r llofft fach, er nad oedd ganddon ni lawer o arian wrth gefn. Ond roedden ni'n benderfynol o roi croeso iawn i'r babi. Mi fûm i'n poeni sut roeddwn i am gario 'mlaen yn y siop, ond roedd Mr Watkin yn wên o glust i glust pan ddeudis i wrtho.

'Mi fuasa'ch mam wrth ei bodd yn dŵad yn nain,' medda fo, a dagrau tu ôl i'w lais. 'Rhaid ichi ofalu peidio codi pethau trwm yn y siop 'ma.'

Mae o mor garedig ac yn ymddwyn fel tad imi, bron, ers imi golli Mam.

'Eich mam yn un o fil,' fydd o'n ei ddweud yn aml.

Mi fydda i'n dyfalu tybed fuasa Mam wedi bod yn hapus,

tasa hi wedi cael perthynas efo fo. Mae o'n ddyn unig, erioed wedi priodi, ond mae ganddo deulu'n byw 'mhell. Rydw i wedi'u cyfarfod nhw unwaith neu ddwy. Pobl glên ac yn ceisio perswadio Mr Watkin i fynd i fyw yn nes atyn nhw.

'Y siop 'ma ydi 'mywyd i,' fydd o'n ei ddwcud.

Mi gefais i eu rhif ffôn a siars i ffonio os bydd 'na unrhyw broblem.

Rydw i'n ôl yn y gadair unig 'ma eto ac ar goll … Mr Watkin … y siop … John … ble mae o, tybed? Allan efo'r lorri 'na eto a heb ddŵad adra, ond mi ddaw yn fuan.

Rydw i'n troi a throsi'r lluniau yn y Bocs Erstalwm. Lluniau, lluniau, mae 'na gymaint ohonyn nhw a finna yn eu canol yn rhywle. Ond rydw i'n cofio darn bach ohonof fy hun bob tro wrth afael mewn llun. Rhyfedd, 'te!

Rydw i wedi blino edrych ar luniau a chofio, ond eto fedra i ddim rhoi'r gorau iddi. Mae fy mysedd yn cau am lun arall. Llun cwpwrdd bach gwyn mewn llofft. Mae fy llygaid yn llawn dagrau sydyn a phoen yn cau am fy nghalon. Cwpwrdd syrpréis brynodd John ydi o. Cwpwrdd dillad babi.

'Rhywbeth arbennig iti fory,' medda fo. 'Rhywbeth i lofft y babi.'

'Pam fory?'

'Rydw i wedi prynu rhywbeth, ond dwyt ti ddim i'w weld o nes y bydd o yn ei le, neu fydd o ddim yn syrpréis, na fydd?'

'Cot?' holais.

'Mi gei weld fory,' oedd ateb John.

Pan ddaeth yr yfory, mi wnes i ddotio wrth weld y syrpréis: y cwpwrdd bach dela welsoch chi erioed. Un gwyn efo dwy ddrôr i gadw dillad babi ynddyn nhw.

'O, John!'

'Wyt ti'n ei licio fo?'

'Ydw, siŵr.'

O hynny 'mlaen, roeddwn i'n treulio munudau hapus uwchben y drôrs agored, yn byseddu'r dillad ynddyn nhw ac yn breuddwydio am yr amser y bydden ni'n dri, nid dau. Ac yna, gyda'r nosau, mi fyddai John a finna'n meddwl am enw i'r babi, ac yn trio dewis o'r rhestr oedd ganddon ni.

'Mi gei di ddewis, Lydia,' medda John, wrth edrych arni.

'Efo'n gilydd,' meddwn inna. 'Chdi a fi, ein babi ni.'

Rydw i'n gwasgu'r llun ataf wrth gofio'r bore ofnadwy hwnnw, bore'r tristwch. Mi gefais boenau, nes roeddwn yn fy nyblau, a phan es i i'r stafell molchi, mi welais waed yn y toiled.

'John!' gwaeddais, gan wasgu fy hun rhwng poenau. 'Mae 'na WAED! Rydw i'n ei golli fo. Colli'r babi. *JOHN!*'

Galwodd John am y doctor. Roedden ni'n dau yn gafael yn dynn yn nwylo ein gilydd ac yn gweddïo fod y babi'n iawn.

Ond newydd drwg oedd ganddo ar ôl rhoi archwiliad imi.

'Erthyliad cynnar,' meddai'n llawn cydymdeimlad. 'Ond peidiwch â digalonni. Mae pob siawns y bydd popeth yn iawn y tro nesa. Cymerwch seibiant yn y gwely am ddiwrnod neu ddau rŵan.'

'Ydw i'n rhy hen, Doctor?'

'Na, na. Mae gobaith eto, gyda gofal, Mrs Parry.'

'Fysat ti'n licio i Mam ddŵad yma'n gwmpeini?' holodd John.

'Dy fam?'

Fedar o ddim gweld pa mor annifyr mae ei fam efo fi, a dydw inna ddim isio achwyn amdani, chwaith. Mae hi'n wên i gyd pan fydd John o gwmpas. Ond dydw i ddim isio hi yma i bletio'i cheg a fy meio am beidio â rhoi'r gorau i weithio yn y siop, a finna'n disgwyl, ac i mi gofio fy oed, chwedl hithau.

Roedd Mr Watkin yn llawn cydymeimlad.

'Peidiwch â phoeni am eich gwaith, Lydia,' medda fo. 'Mi ga' i rywun i helpu, os bydd angen.'

Roeddwn i'n poeni amdano yno ar ei ben ei hun.

'Mi fydd o'n iawn,' medda John. 'Does ganddo ddim cymaint o fusnes rŵan. Ddim ar ôl i'r archfarchnad 'na agor yn y dre.'

Roeddwn i â fy mhen yn fy mhlu am sawl diwrnod.

'Mae'n rhaid imi fynd efo'r lorri,' poenai John. 'Ella y medar Sioned Drws Nesa ddŵad ambell amser cinio.'

'Wrth gwrs, mi ddo' i,' oedd ateb Sioned.

Mae hi'n garedig.

'Misglwyf eto,' meddwn i'n ddigalon, lawer mis wedyn. 'Fydda i byth yn fam, John.'

Fuo 'na ddim babi arall, er fy mod i wedi gobeithio, a gobeithio, bob mis. Yn y diwedd, roedd y golled fel wal rhwng John a finna, yn rhywbeth roedden ni ofn ei drafod, rhag crafu briw.

'Lydia,' medda John, o'r diwedd, wrth fy ngweld mor ddigalon. 'Rydan ni'n caru ein gilydd, a dyna sy'n bwysig.'

'Rydw i'n teimlo'r babi'n fyw y tu mewn imi o hyd, John. Yn fama, yli,' meddwn i, gan geisio atal fy nagrau. 'Ac mae'r siom yn lwmp oer yn fy nghalon i.'

Clymodd John ei freichiau amdana i a 'ngwasgu ato.

'Chdi a fi, Lydia. Ddaw dim rhyngddon ni.'

Ac mi wyddwn i hynny hefyd, er bod y golled yn friw parhaol yn ein calonnau. Mi wnaethon ni ddygymod, rywsut, ac mi aeth bywyd yn ei flaen, a John a finna'n hapus, er y siomiant. Fo a fi, a fi a fo, y ddau ohonon ni'n glynu'n glòs wrth ein gilydd.

Rŵan, rydw i'n syllu ar lun y cwpwrdd bach gwyn 'na eto a'i wasgu at fy nghalon. Rydw i'n cofio a chofio, a'r dagrau araf yn mynnu llenwi fy llygaid. Cofio colled ... cofio loes ... cofio cariad John ... cofio ...

Mi fyddwn i'n cau fy hun yn y llofft ac yn eistedd ar y gwely ac agor drôr y cwpwrdd bach gwyn i anwesu'r dillad oedd wedi'u plygu a'u cadw, mor ofalus, ynddo. Rywsut, fedrwn i ddim cael gwared â nhw, er fy mod i'n gwybod na fyddai eu hangen eto.

'Fama wyt ti, Lydia,' medda John bob tro.

Mi ddeuai i eistedd wrth fy ochr ar y gwely bach, a rhannu'r byseddu a'r gobeithion coll efo fi.

'Dydan ni ddim am fod yn rhieni, yn nac'dan,' medda fo droeon.

'Nac'dan,' atebwn inna'n drist, gan bwyso fy mhen ar ei ysgwydd a theimlo'i freichiau cadarn amdana i.

Erstalwm oedd hynny, ond mae'r hiraeth yn dal yno yng nghanol y niwl, a fydda i ddim yn agor drws y llofft fach ar y dde ... llofft y babi ... am fod y golled yn brifo o hyd.

Dyna ddigon ar gofio. Rydw i'n ochneidio wrth gau'r bocs. Mae ton o ddigalondid yn fy llethu wrth feddwl fy mod i yma, ar fy mhen fy hun ac wedi colli'r fi sydd yn y lluniau 'na, ac yn gorfod bod yn Lydia mewn cadair ... a phobl helpu'n galw a gadael wedyn, a finna'n methu cofio pwy ydw i a'r fi tu mewn yn crebachu'n llai ac yn llai nes fy ngadael yn unig.

Ydi hi'n amser cinio, deudwch? Does 'na ddim golwg o neb.

Ella mai dydd Sul ydi hi a phawb yn cysgu'n hwyr. Tybed ddylwn i godi a chwilio am rywbeth i'w fwyta? Ble mae Sioned?

Mae'r ddynas helpu wedi cyrraedd.

'Sori 'mod i'n hwyr, Anti Lydia. Ma' hi'n brysur iawn heddiw.'

'Anti Lydia?'

Dydw i ddim yn Anti Lydia i neb. Ond mae hi'n gwenu'n glên ac yn dangos treiffl i mi.

'Treiffl gan Mam, ylwch.'

Ydw i'n nabod ei mam hi?

'Carys, merch Glenys ac Arthur, ydw i. Dach chi'n cofio?'

Roedd 'na Arthur erstalwm. Ella 'i fod o'n gariad imi. Ond John ydi fy nghariad i rŵan, a rhywun arall mewn car to agored ryw dro arall hefyd, ond dydw i ddim yn cofio pwy oedd hwnnw chwaith.

'Arthur oedd efo'r car to agored?'

'Na,' medda'r ddynas helpu. 'Tractor oedd gan Dad.'

Rydw i'n dechrau chwerthin. Wrth gwrs fy mod i'n cofio. Arthur ... ffrindiau, ia ... cusanu ... na.

'Clên oedd o,' medda fi.

'Ia, dyna Dad,' medda hithau. 'Clên bob amser.'

Mae hi'n paratoi cawl cyw iâr a ham tun ac yn ei roi wrth ochr y treiffl ar y bwrdd.

'Sori, Anti Lydia. Dim amser i aros heddiw. Arhosa i'n hirach tro nesa.'

Mae hi'n sgwennu yn y ffeil a ffwrdd â hi efo'i mwgwd cyn imi orffen y treiffl. Be sydd arnyn nhw'n rhedeg yma ac acw o hyd? Ond dyna fo, rydw i wedi cael fy nghinio ac wedi bwyta'r treiffl mae rhywun wedi'i wneud. Un da oedd o hefyd.

A dyma fi'n eistedd yn y gadair 'ma eto, heb ddim i'w wneud ond troi a throsi'r lluniau yn y Bocs Erstalwm. Does neb ond fi yma. Fel'na mae hi bob dydd, heblaw pan ddaw ryw bobl helpu i stwyrian o fy nghwmpas i, a Sioned Drws Nesa i wneud panad. Yma ar fy mhen fy hun, yn gweld neb, bron, ac yn disgwyl i John ddŵad adra.

Rydw i'n gafael mewn llun arall, ac yn dechrau cofio eto.

Dyma lun Siop Watkin a finna'n cofio mynd yn ôl yno i weithio, wedi imi golli'r babi. Ond lle digalon oedd yno rywsut, a doedd y busnes ddim 'run fath ar ôl i'r archfachnad ddŵad i'r ardal, a Mr Watkin yn ysgwyd ei ben dros y til yn aml.

'Wn i ddim be ddaw o'r lle, Lydia,' medda fo droeon. 'Na wn i wir.'

Hercian ymlaen o ddydd i ddydd oedd y siop a finna'n ama nad oedd fy angen i yno bellach, ond ei fod o'n rhy garedig i ddweud.

Yna, mi gaeodd y swyddfa bost gerllaw.

'Maen nhw isio imi gymryd y post, yma yn y siop,' medda Mr Watkin. 'Ond does gen i fawr o galon, Lydia bach. Rhy hen, mae gen i ofn, ac yn barod i roi'r gora iddi. Rydw i wedi cael cynnig gwerthu. Wn i ddim be i'w wneud. Pobl ddiarth isio prynu, ond rydw i'n poeni amdanat ti, Lydia. Be wnei di heb dy waith yma?'

'Mi fydda i'n siŵr o gael gwaith arall,' meddwn i, yn methu â diodda ei weld yn poeni am y siop ac amdana inna hefyd, ac yntau'n ddyn mor garedig bob amser. 'Ac mae John gen i, tydi.'

Mi ofynnodd tybed fuaswn i'n fodlon gweithio'n rhanamser, nes iddo benderfynu. Jest i'w helpu i agor a pharatoi'r siop yn y bore a gweithio awran wedyn gyda'r nos.

Roeddwn i'n ddiolchgar am rywbeth i lenwi'r oriau. Mi

fyddwn i'n cyrraedd yno i agor y siop, yn aros am awr neu ddwy, ac yna'n picio yno wedyn gyda'r nos i helpu i gau a thwtio'r siop erbyn trannoeth.

Ond pan ddois i yno un bore roedd drws y siop ar agor a sŵn griddfan y tu mewn.

'Mr Watkin!' galwais, yn llawn ofn.

Brysiais i mewn. Roedd Mr Watkin yn gorwedd yn llipa y tu ôl i'r cownter.

'Wedi syrthio, Lydia,' medda fo'n wantan, a'i wyneb yn chwys gan boen. 'Brifo 'nghoes.'

Roedd ei goes yn blygiad cam oddi tano, a fedrwn i ddim mentro trio'i godi rhag ofn i mi frifo mwy arno, ond mi rois i glustog o dan ei ben a chwrlid cynnes drosto cyn ffonio'r ambiwlans.

'Ydach chi yna ers meitin?' gofynnais, wrth ei weld mor oer a chrynedig.

'Neithiwr,' oedd yr ateb gwan.

'Ond roedden ni wedi cau'r siop,' meddwn i. 'Be oeddech chi'n wneud?'

Cyrhaeddodd yr ambiwlans cyn imi holi rhagor. Ysgwyd eu pennau wnaeth y criw a dyfarnu ei fod wedi torri'i goes, ac y byddai'n rhaid iddo fynd i'r ysbyty.

'Y siop, Lydia,' mwngialodd Mr Watkin.

'Peidiwch â phoeni,' meddwn i, gan gloi'r drws a dringo i'r ambiwlans yn gwmpeini iddo. 'Mi ffonia i'ch teulu chi. Mi ddôn nhw yma i ofalu am bethau.'

Ond cau ei lygaid yn ddagreuol wnaeth Mr Watkin.

Mr Watkin druan. Doedd 'na ddim gobaith iddo gario 'mlaen efo'r busnes, yn enwedig a'i deulu'n dadlau y dylai ymddeol a mynd i fyw atyn nhw.

'Mae'r siop yn ormod imi a finna'n wyth deg dau, Lydia,' cyfaddefodd pan es i i'r ysbyty i'w weld.

Gafaelodd yn fy llaw a'i gwasgu'n dynn.

'Mae'n ddrwg gen i, Lydia, ond fedra i ddim brwydro rhagor. Ella y cewch chi waith efo'r bobl newydd.'

Ond doedd gen i fawr o awydd gweithio i berchnogion newydd, pwy bynnag fydden nhw.

'Mi weithia i oriau ychwanegol,' medda John. 'Mi fyddwn ni'n iawn, Lydia, paid ti â phoeni.'

Wrth gwrs, roedd mam John wrth ei bodd wedi iddi ddallt na fyddwn i'n gweithio yn y siop rhagor.

'Hen bryd ichi roi'r gora iddi,' medda hi, y tu hwnt i glyw John, wrth gwrs, 'mae safon i'w chynnal, on'd oes?'

Pa safon oedd hi'n sôn amdani? Safon cyfri ceiniogau mewn tŷ teras, neu ei safon hi mewn tŷ unig, oeraidd, ffroenuchel?

Rydw i'n ysgwyd fy mhen ac yn pwyso'n ôl yn y gadair a chau fy llygaid. Peth blinedig ydi cofio pethau erstalwm. Rhaid imi gau'r bocs am chydig. Ond eto, rydw i'n ei ailagor ac yn cofio hapusrwydd John a finna, a'r pethau bach roedden ni'n eu mwynhau efo'n gilydd. Mae fy mywyd i'n unig rŵan a John heb ddŵad adra. Ond rydw i'n dewis llun ar ôl llun o'r bocs, a'r rheiny'n chwit-chwat ym mywyd y fi honno sydd ar goll.

Faint ydi hi o'r gloch, tybed? Rydw i'n edrych ar y cloc, ond wn i ddim be mae'r bysedd 'na'n ei ddangos. Mi fydd Sioned Drws Nesa yn gwybod.

Am ba hyd fûm i yn gadair 'ma'n cofio, deudwch? Wn i ddim pam mae John yn hwyr fel hyn a finna yma heb ddim i'w wneud ond eistedd a disgwyl. Mi a' i i blicio tatws. Mae o'n hoffi tatws efo sleisen o biff i swper. Ydi hi'n amser swper? Wn i ddim.

Ond mi ddaw John yn fuan rŵan. Mi fydd yn eistedd yn y gadair freichiau ac yn tynnu'i sgidiau a symud ei fodiau'n ôl a blaen i stwytho dipyn arnyn nhw, ac yn gwenu'n ddiolchgar arna i am fod swper yn barod. Yna, mi fydd yn gwisgo'i slipas, yr hen slipas sydd ganddo fo ers blynyddoedd â thwll yn un ohonyn nhw sy'n dangos ei fodyn. Fflachod fydda i'n eu galw nhw. Fflachod cyffordus fydd John yn ei ddweud, gan chwerthin.

Mae o'n licio moron efo'i ginio. Ond does 'na 'run yn y cwpwrdd. Mi bicia i i'r siop i nôl rhai. Rhaid imi fod yn ofalus rhag syrthio ar stepan y drws ffrynt, neu mi fydd John yn dweud y drefn.

Mae Siop Watkin rownd y gornel. Pobl ddiarth sydd yno rŵan, medda Sioned Drws Nesa. Lle mae Mr Watkin, tybed?

Rhyfedd, mae fy nhraed yn slip slopian yn swnllyd galed ar y palmant. Rydw i'n edrych i lawr arnyn nhw i weld beth sy'n bod, ac yn dychryn. Sut yr es i allan yn fy slipas? Ond dyna fo, dim ots, ella na wnaiff neb sylwi.

Sgwn i pam rydw i'n teimlo mor oer, a chryndod yn mynnu sleifio i fyny fy asgwrn cefn a 'nghoesau'n teimlo mor wantan? Ooo! Rydw i'n hanner baglu ac yn colli fy slipan. Ble aeth hi, deudwch? Rydw i'n gorfod pwyso ar wal gardd rhyw dŷ i gael fy ngwynt ataf cyn chwilio amdani.

I ble oeddwn i'n mynd, tybed? Rydw i wedi anghofio.

'Mrs Parry! Dach chi'n iawn?'

Rydw i'n rhy oer i ateb.

Mae dyn diarth yn sefyll wrth fy ochr. Be mae o isio? Rydw i'n iawn yn fama, ond fy mod i'n oer ac wedi colli fy slipan, ac wedi anghofio i ble roeddwn i'n mynd. I rywle, i nôl rhywbeth, ond wn i ddim beth.

'Colli ... troed ...'

'Colli'ch slipan? Dyma hi, ylwch.'

Mae o'n plygu i'w rhoi am fy nhroed.

'Mynd adra dach chi?'

'Lle mae fy adra i?'

Mae o'n gafael yn fy mraich.

'Mi awn ni yno rŵan,' medda fo. 'Mae'n rhy oer ichi allan heb ddim côt.'

Dim côt? Wnes i ddim sylwi.

'Roedd o isio imi symud fy arian,' medda fi.

'Oedd o?'

Mae Sioned Drws Nesa yn rhedeg i'n cyfarfod ni.

'Lydia,' medda hi. 'Ro'n i'n chwilio amdanoch chi. Dach chi'n iawn?'

'Oer,' medda fi.

Mae'r dyn yn tynnu'i gôt a'i lapio amdana i.

'Dowch inni'ch cael chi adra,' medda fo.

'Pwy dach chi?'

Dydw i ddim yn ei nabod o efo'r hen beth 'na dros ei geg.

'Ned. Arfar dŵad i Siop Watkin.'

'Fuo mi mewn siop?'

'Dowch, Lydia,' medda Sioned. 'Rhag ofn ichi gael annwyd.'

Mae'n braf yn y gadair 'ma a phanad boeth a bisged yn fy llaw. Mi glywis i Sioned yn dweud rhywbeth yn isel wrth y dyn … crwydro … anghofus … diolch ichi …

Am bwy mae hi'n sôn, deudwch? Rhywun wedi bod ar goll, debyg, a'r dyn 'na wedi helpu i chwilio amdanyn nhw. Rydw i'n yfed fy nhe ac yn edrych ar y teclyn tân 'ma. Chydig o wres sydd ynddo fo, ond mae Sioned wedi rhoi siôl am fy nghoesau. Mi gysga i am chydig bach.

Mae'r ddynas helpu wedi cyrraedd. Brechdanau biff sydd i swper, medda hi. Rydw i'n bwyta yn y gadair 'ma am fy mod i'n oer ac yn gyndyn o symud. Mi ddigwyddodd rhywbeth, ond fedra i ddim cofio be.

Mae Sioned a'r ddynas helpu yn siarad yn y gegin. Maen nhw'n poeni am rywbeth ac isio galw doctor.

'Be wnawn ni? Dydyn nhw ddim yn ymweld efo'r Covid 'ma,' medda llais Sioned. 'Ma' raid i ni wneud rhywbeth. Ffonio'r Gwasanaethau Cymdeithasol fory, falla.'

Am bwy maen nhw'n sôn, tybed? Rydw i'n bwyta'r brechdanau biff ac yn ceisio meddwl ble es i heddiw. Roedd 'na ddyn yn dweud ei fod o'n fy nabod i. Wn i ddim sut, chwaith. Ond, dyna fo, waeth imi heb â phendroni.

Ella y buasa doctor yn rhoi ffisig imi i wella'r niwl.

'Ydi'r doctor yn dŵad?' holais, pan ddaeth y ddwy trwodd.

Maen nhw'n edrych ar ei gilydd.

'Ydach chi isio gweld y doctor?'

'Disgwyl ers dau fis,' meddwn i.

'Disgwyl?'

'Babi,' medda fi.

Beth sydd arnyn nhw? Maen nhw'n edrych ar ei gilydd eto.

'Erstalwm oedd hynny, 'te,' medda Sioned o'r diwedd.

Mae 'na lwmp annifyr yn mynnu setlo yng ngwaelod fy stumog, ond rydw i wedi anghofio am beth roedden ni'n sôn. Rydw i'n estyn am y Bocs Erstalwm.

'Cofio yn fama, ylwch,' meddwn i, gan ddechrau troelli'r lluniau ynddo efo fy mysedd. Rownd a rownd, rwtsh ratsh, a dewis un.

Cofio eto …

Llun mam John sydd yn fy llaw a finna'n ei chofio'n iawn. Mi ddaeth i aros efo ni yn y tŷ teras, am ei bod hi wedi syrthio a tharo'i phen, a John isio iddi gael chydig o dendans a hithau efo pwythau.

Wel, dyna ichi ddaeargryn. Roedd hi isio hyn ac isio'r llall; roedd ganddi gur yn ei phen ac isio panad a thabledi; roedd hi'n methu cysgu ac wfft i neb arall gael noson o gwsg chwaith.

Tendans a thendans a thendans! Roeddwn i wedi cael llond bol, yn enwedig ar ôl i John fynd i'w waith bob bore. Doedd dim yn ei phlesio. Y te yn rhy wan, y tost heb grasu, ei llofft yn rhy fach a'r gwely'n galed … y gwynt tu allan yn chwibanu a drafft trwy'r ffenest! Un ar ôl y llall yn rhibidirês i grafu ar fy nerfau i.

Ond weithiau, a dim ond weithiau, mi fyddwn i'n teimlo chydig bach o biti drosti. Mae'n debyg nad ydi rhywun sy'n cwyno fel'na yn hapus iawn, meddyliais. Biti. Ond mi fyddwn i'n digio'n gratsh y funud nesa, wrth wrando arni'n cwyno.

'Gymerwch chi banad arall?' fyddwn i'n gofyn.

'Ddim os ydi hi'n un wan,' fyddai'r ateb.

Beth fedrwn i 'i wneud ond brathu fy nhafod a gweddïo na fyddai hi efo ni am hir?

Mi wnes fy ngorau, do wir, ond doedd fy ngorau ddim digon da. A phan gafodd hi wared o'r pwythau a chael diwrnod neu ddau i ddŵad dros y sioc, fel petai, mi fynnodd fynd adra.

'Bywyd cyfforddus a chynnes yn fy lle fy hun,' medda hi, yn ddigon pell o glustiau John, wrth gwrs.

Rydw i wedi gofyn a gofyn i mi fy hun, tybed mai arna i oedd y bai?

'Mae hi'n licio cwyno,' chwarddodd Sioned. 'Peidiwch â chymryd sylw, Lydia.'

Haws dweud na gwneud, tydi, a finna'n berwi fel tegell

gwallgo tu mewn. Ond mae hi'n licio Sioned Drws Nesa ac yn dweud ei bod hi'n ferch ifanc werth chweil, ac yn gwybod sut i fod yn ddynas fusnes go iawn.

'Dydi Mam ddim yn un hawdd byw efo hi, nac'di,' medda John, wrth fy nghlywed i'n mwmian canu wedi iddo'i danfon hi adra.

'Wyt ti'n meddwl?' meddwn i'n gynnil.

'Gwybod yn iawn, yli,' medda fo. 'A gwybod dy fod ti wedi gwneud dy orau hefyd, am ei bod hi'n fam imi.'

'Wyt ti ddim yn gweld bai arna i?'

'Be? Am ddiodda a chadw arni? Rwyt ti'n angel, 'mechan i. Fy angel i!'

Rydw i'n gwenu wrth fodio'r llun a chofio. Fydd ei fam a finna byth yn ffrindia, mae'n siŵr.

Sgwn i ble mae hi rŵan?

5.

Bore arall, a finna'n edrych ar y craciau ar y nenfwd. I ble maen nhw'n mynd, tybed? Ond does fawr o ots gen i, chwaith.

Mae rhywun yn 'ww-ww-io' o'r lobi. Pa ddynas helpu sydd 'na heddiw? Wn i ddim pam maen nhw'n mynnu dŵad a finna'n berffaith 'tebol fy hun. Wedi arfar codi a gweithio a gofalu am John, tydw? Golchi'i ddillad o a choginio a llnau'r tŷ. Ond rydw i wedi anghofio sut i wneud pethau. Y niwmonia, mae'n siŵr.

'Fi, Louise, sy 'ma. Amser codi, Lydia.'

Mae golwg ar frys arni. Tybed ydi hi'n gwenu tu ôl i'r mwgwd 'na? Rydw i'n craffu arni i weld yn well.

'Pam dach chi'n gwisgo'r peth glas 'na?'

'Be? Y mwgwd? O achos y Covid, Lydia.'

'Hen beth hyll ydi o, 'te.'

Mae hi'n fy ngwylio yn molchi ac yn fy ngwylio wedyn yn dringo i lawr y grisiau, yn union fel petawn i rioed wedi gwneud pethau felly o'r blaen. Dyna sut maen nhw, yn busnesu a rhedeg o 'ma wedyn, fel tasa ganddyn nhw sbrings o dan eu sodlau.

Tost a marmalêd ges i i frecwast. A chyn imi orffen, bron, roedd hi wedi clirio'r llestri, wedi sgwennu yn y ffeil ac i ffwrdd â hi. Rydw inna'n eistedd yn y gadair 'ma wedi iddi fynd ac yn chwilio a chwilio fy meddwl am rywbeth pwysig ddylwn i ei wneud. Rhywbeth ... rhywbeth ... mae o yn fy mhen i, ond fy mod i'n methu cael gafael arno fo. Ond mae ...

Cofio rŵan.

Mi ddeudodd y dyn ar y ffôn fod 'na rywbeth imi. I mi, Mrs Lydia Parry. Dyna ydi f'enw i, 'te? Parsel, medda fo. Rydw i'n cofio'n iawn rŵan, er bod yr hen niwl 'ma'n mynnu loetran yn fy mhen. Mae'n rhaid fy mod i'n disgwyl parsel, ond fedra i ddim cofio parsel be.

Rydw i'n codi ac yn anelu at y drws ffrynt. Fanno mae'r parsel, yn siŵr o fod. Mi fydd yno ar y stepan. Mae'r dyn wedi dweud. Ond wedi imi agor y drws, does dim yna. Rhyfedd, 'te!

Mae'n braf sefyll yma ac edrych allan i'r stryd. Tybed wela i rywun rydw i'n ei nabod? Dydw i ddim wedi gweld 'run enaid byw ers dyddiau. Ar ben fy hun yn y tŷ 'ma a neb yn dŵad ar fy nghyfyl i. Lle mae pawb, deudwch? Peth ofnadwy ydi bod ar goll ynddoch chi eich hun a neb yn dallt.

Ella y buasa'n well imi fynd i chwilio am rywun. Jest i gael gair efo nhw i dreulio'r amser. Rydw i'n camu'n ofalus dros stepan y drws, rhag ofn imi syrthio, a chychwyn at y giât fach i'r stryd, er bod fy nghoesau'n grynedig am ryw reswm.

Mae 'na ddynas ddiarth yn codi'i llaw arna i, am fy mod i yn y stryd, debyg.

'Hylô, Mrs Parry! Sut dach chi?'

Wn i ddim pwy ydi hi.

'Ydw i'n eich nabod chi?'

'Leusa Morris, Mrs Parry. Byw lawr stryd.'

'O!' medda fi.

'Mae'n oer ichi allan yn fanna. Dowch yn ôl i'r tŷ. Mi alwa i am Sioned wedyn.'

Rydw i'n gwenu wrth feddwl am Sioned. Sioned Drws Nesa ydi hi. Hi sy'n gwybod pethau. Mae'r ddynas yn gafael yn fy mraich ac yn dŵad efo fi i'r tŷ.

'Dynas helpu ydach chi?'

'Cymydog, Mrs Parry. Steddwch yn fanna, ylwch. Mi alwa i ar Sioned.'

'Ond mae 'na barsel,' medda fi, a chodi i fynd yn ôl at y drws. 'Y dyn wedi dweud.'

'Mi fydd Sioned yn gwybod,' medda'r ddynas lawr stryd 'ma.

Rydw i'n bodloni ac yn eistedd yn ôl yn y gadair.

'Lydia! Ydach chi'n iawn?' Llais Sioned Drws Nesa.

Pa iawn mae hi'n sôn amdano? Fydda i byth yn iawn tra mae'r hen niwl 'ma'n corddi yn fy mhen i, a John byth wedi dŵad adra.

'Dach chi wedi bod yn y stryd, Lydia?'

'Do?'

Pam roeddwn i yn fanno, deudwch? Dydw i ddim yn cofio.

'Roedd 'na ddynas yn y tŷ 'ma.'

'Leusa! Leusa Morris, Lydia. Byw lawr stryd. Dach chi'n ei chofio hi?'

'Mi afaelodd yn fy mraich i.'

'I'ch helpu chi'n ôl i'r tŷ, 'te.'

'Coesau gwan gen i.'

Mae'n braf yn y gadair 'ma rŵan a Sioned wedi gwneud panad boeth imi. Mae hi'n ffonio rhywun. Siarad am 'angen help' a 'dim rheswm' ac 'ar ei phen ei hun' a 'chyfrifoldeb' ac yn dweud rhywbeth am orfod cau ei busnes dros dro, ond yn agor yn fuan, a sut y bydd hi yma wedyn? Mae hi'n siarad am hir a finna'n eistedd yn fama'n methu dallt pethau.

Pam fûm i yn y stryd, tybed?

Rydw wedi codi'r Bocs Erstalwm a'i agor ar fy nglin, ac yn symud fy mysedd yma ac acw, ymysg y lluniau, yn ddiflas. Er imi chwilio a chwilio ynddo, dydw i ddim wedi cael gafael ar y fi honno sydd ar goll. Ond mae hi yno. Rydw i'n cael cip arni weithiau, ond wnaiff hi ddim aros. Mae hi'n mynnu llithro'n ôl i'r niwl.

Pwy ydw i, deudwch? Tybed mai'r Lydia mae Sioned Drws Nesa a'r bobl helpu yn ei nabod ydw i, neu'r fi sy'n cuddio yn y Bocs Erstalwm? Wn i ddim pwy ydw i rŵan, ond mi fydd John yn gwybod pan ddaw o adra.

'Dach *chi*'n gwybod pwy ydw i, Sioned?'

'Lydia, 'te!'

'Ia, ond sut Lydia ... pa Lydia? Lle mae'r Lydia sydd tu mewn imi wedi mynd?'

'Mae hi yno 'run fath ag erioed, Lydia.'

Rydw i'n syllu'n ddall ar y pentwr lluniau sydd yn y Bocs Erstalwm. Fedra i byth gael gafael ar y fi coll. Mae hi wedi mynd.

Rydw i'n rhoi hwyth sydyn i'r bocs nes i'w gynnwys arllwys, fel cawod eira, ar y carped.

'Colli'ch gafael ar y bocs wnaethoch chi, Lydia?'

Mae Sioned ar ei phengliniau yn didoli a chasglu. Ond does gen i fawr o ddiddordeb mewn edrych arnyn nhw eto ... byth!

'Be am yr amlen 'ma, Lydia? Yng nghanol y llunia. Ydach chi isio'i chadw hi?'

Mae hi'n estyn amlen wen imi sbio y tu mewn iddi.

Dydw i ddim isio gafael ynddi, wn i ddim pam, nac isio sbio tu mewn iddi chwaith. Mae gen i ofn yr hen gwmwl du 'na, am ei fod o'n cynyddu pan ydw i'n cofio am yr amlen wen yng nghanol y lluniau. Dydw i ddim isio gafael ynddi. Mae gen i ofn am fod rhywbeth du, annifyr ynddi, a hwnnw'n lwmpyn dwfn, caled yn fy stumog.

Rydw i'n gafael yn anfodlon yn yr amlen ac yn ei dal rhwng

fy mysedd am eiliadau hir ac yn teimlo'r oerni sydd ynddi. Ond mae Sioned yn disgwyl, a rhaid imi ei hagor. Mae fy nwylo'n grynedig wrth dynnu'r papur plygiedig ohoni, yr hanes o bapur newydd sydd y tu mewn. Mae'r print yn nofio o flaen fy llygaid. Na ... na. Dydw i ddim am ei ddarllen. Fedra i ddim.

'Darllenwch chi o, Sioned.'

Mae hi'n darllen yn ddistaw heb ddweud gair am hir ... hir. O'r diwedd, mae hi'n clirio'i gwddw.

'Hanes damwain John ydi o, 'te, Lydia.'

Damwain John? Mae'r cysgod du yn ymladd efo'r niwl, yn gorlenwi fy meddwl, yn dymchwel drosta i. Dydw i ddim isio gwybod. Dydw i ddim isio cofio, ond mae o yna ar ddu a gwyn. Mae fy nghoesau'n gwegian wrth imi geisio codi o'r gadair.

'Damwain John?'

Mae fy nghalon yn deilchion.

'Lle mae o?'

'Hen hanes ydi o, Lydia. Dach chi ddim yn cofio?'

Wrth gwrs, dydw i ddim yn cofio, dydw i ddim isio cofio. Damwain. Na! Na!

'Mi fydd John adra'n o fuan.'

'Mi gafodd ddamwain efo'r lorri, Lydia. Roedd o yn yr ysbyty.'

Mae hi'n codi a gafael amdana i.

'Do? ... Na ... Pa bryd? ... Na, ddim John,' medda fi a'r geiriau'n baglu ar fy nhafod. 'Yn yr ysbyty?'

Mae Sioned yn estyn y darn papur imi cyn ateb, ond wna i ddim gafael ynddo. Na wnaf.

'Wedi marw yno, Lydia. Dach chi'n cofio? Roeddwn i yno efo chi, a mam John hefyd.'

Na ... na, dydw i ddim yn cofio. Dydw i ddim *am* gofio. Nid fy John i. Rydw i'n ei ddisgwyl adra. Mi fydd o'n cerdded trwy'r drws 'na ac yn gwenu ei wên gynnes, gariadus arna i, ac yn gofyn ...

'Be sydd 'na i swper heno, Lydia?'

Ond ... ond ... er fy ngwaethaf, rydw i'n syrthio i bwll diwaelod atgofion. Damwain, plismyn, gwely, corff, pethau dychrynllyd, ond ... dydw i ddim isio cofio ... na. Ond cofio rydw i.

Cofio.

Mae'r glaw yn drybowndian yn erbyn y ffenest a finna'n disgwyl clywed sŵn lorri John y tu allan. Mi fydd o'n wlyb at ei groen ac yntau wedi gorfod galw mewn sawl siop trwy'r dydd. Mi gaiff fynd i socian mewn bàth poeth cyn cael ei swper, rhag ofn iddo gael annwyd.

Ond dyna fo, rydw i'n swnian digon arno fo i roi'r gorau i'r dyddiau hir i ennill arian, ac am iddo fynd i chwilio am rywbeth ysgafnach. Ond waeth imi siarad efo'r wal ddim. Pengaled, tydi!

Rydw i wedi paratoi lobsgows er mwyn iddo gael llond ei fol o fwyd iach ar ôl diwrnod o waith, ac wedi gwneud dysglaid fawr o bwdin reis a'i chrasu nes mae croen brown ar yr wyneb. Dyna ffefryn John! Mi fydd wrth ei fodd yn crafu'r ddysgl, yn dwll bron, rhag gadael tamaid o'r croen ar ôl.

Mae o'n hwyr iawn heno. Rydw i'n mynd at y ffenest ac yn agor y llenni i gipedrych allan i'r stryd, ond does dim golwg ohono.

Drapia las! On'd ydw i wedi dweud a dweud wrtho fo. Be 'di'r iws bod dros saith deg a dal i weithio fel mae o? Mi fedrwn ni fyw ar arian pensiwn ond inni fod yn ofalus. Fedra i ddim peidio â gogr-droi o'r gegin i'r ffenest ffrynt ac yn ôl wedyn, wrth ddisgwyl a disgwyl, a methu dallt pam mae o mor hwyr.

Mi fydd yn rhaid imi dynnu'r pwdin reis o'r popty cyn hir, neu mi fydd yn sych grimp.

Wyth o'r gloch! Mi fydd adra 'mhell cyn hyn fel arfar. Ydi o wedi mynd i weld ei fam, tybed? Mae honno'n swnian digon bob amser.

'Rho'r biniau sbwriel allan, John.'

On'd ydi o'n gwneud hynny bob wythnos, heb iddi ofyn.

'Plicia'r tatws imi, John. Fy nwylo i'n grepach.'

Dydw i, y ferch yng nghyfraith tŷ teras, ddim yn ddigon da, er fy mod i'n paratoi'r llysiau bob tro yr a' i yno. Ond isio cael John yno mae hi, nid fi.

'John, wnei di ...?'

a

'John, wnei di ...?'

nes rydw i'n lloerig bost.

'Waeth imi fynd i gartra ddim,' cwynodd un diwrnod.

Nid yng nghlyw John, wrth gwrs.

'Mae 'na bobl sy'n gofalu'n garedig am rywun yn fanno.'

Dim ots bod John a finna'n rhedeg yno bron bob dydd. Fydd hi byth yn fodlon.

Ble mae John? Rydw i'n poeni mwy a mwy, ac yn eistedd a chodi ac yn eistedd a chodi bob yn ail, ers meitin. Ble mae o?

O'r diwedd, mae clep drws y tu allan. Dwy glep, a sŵn traed yn cerdded at y tŷ. Am ryw reswm, mae fy nghalon yn llamu'n annifyr a 'nghoesau'n dechrau crynu.

Mae cnoc ar y drws a dau blismon ar y stepan.

'Mrs Parry?'

'I...ia,' medda fi, â fy llais yn baglu.

'Gawn ni ddŵad i mewn? Damwain wedi bod ...'

Rydw i'n cydio ym mhostyn y drws wrth deimlo fy

nghoesau'n gwegian. Mae un o'r plismyn yn gafael yn fy mraich i 'nghynnal, ac yn fy arwain at y gadair yn y lolfa.

'Damwain ddrwg, mae gynnon ni ofn, Mrs Parry.'

Chlywais i fawr o'u geiriau wedyn trwy'r dwndwr yn fy nghlustiau, ond mi wyddwn eu bod yn dweud rhywbeth.

'Mi awn ni â chi,' deallaf o'r diwedd.

'Mynd â fi? I'r ysbyty?'

'Ia. Oes 'na rywun arall y mae angen cysylltu efo nhw?'

'N...na ...'

Mae fy nghôt amdana i, wn i ddim sut, a finna'n eu dilyn at y drws.

Mae fy mhen i'n llawn o brysiwch, brysiwch, ac ofn yn gwasgu'n dynn am fy nghalon. Mi fydd John yn disgwyl amdana i. Mi fydda i'n gafael yn ei law, ac yntau'u gwenu arna i ac yn addo y bydd o adra'n fuan. A finna'n dweud bod 'na lobsgows a phwdin reis croen brown yn disgwyl amdano. Felly y bydd hi, 'te, wrth geisio perswadio fy hun.

Ond ... ond ... Rydw i'n gwylio'r plismyn yn gofalu am bopeth yn y gegin, cyn iddyn nhw gau'r drws a'i gloi ... ac isio iddyn nhw frysio ... brysio. Rhaid imi fod efo John. Mae o isio fi yno efo fo. Brysiwch ... brysiwch ...

'John,' medda fi, a'r geiriau'n baglu ar fy nhafod. 'Mae o'n siŵr o wella, tydi?'

'Mi gewch weld y doctor ar ôl i ni gyrraedd,' oedd yr ateb. 'Fo fedar ddweud.'

Mae'r coridor yn hir a llydan a f'ofnau'n clec clecian yn erbyn y muriau wrth imi frysio ar ei hyd. Ofn ... ofnau ... maen nhw'n crechwenu a chydgerdded efo fi, bob cam. Brysiwch ... brysiwch! Ble mae John?

Rydw i'n gweld rhywun ar wely mewn stafell yn llawn o

ddoctoriaid a nyrsys, a'r rheiny'n plygu uwchben corff llonydd. John? Na, nid John. Fedar o ddim bod yn John. Mae John yn llawn bywyd a hwyl, a gwên ganddo bob amser, ac mae 'na lobsgows a phwdin reis croen brown yn disgwyl amdano fo adra. Fedar o ddim gorwedd fel'na heb symud â'i lygaid ar gau.

Rydw i'n sefyll yno'n syllu a syllu ar y rhywun diarth sydd ar y gwely, fy llygaid yn mynnu mai John ydi o ... ond fy nghalon yn dweud na ... na ... na ... nid fy John i.

Mae'r plismyn yn sefyllian yn swyddogol wrth fy ochr. Maen nhw wedi estyn cadair, ond fedra i ddim eistedd. Rydw i isio mynd at y corff llonydd a'i gofleidio, a'i gadw'n ddiogel, a gofalu y bydd o'n dŵad adra efo fi.

'Ella mai rhywun arall ...'

Ond mae nyrs wrth fy ochr.

'Mrs Parry?' gofynna. 'Dach chi isio dŵad at y gwely?'

Mae hi'n gafael yn fy mraich ac yn fy arwain ymlaen i sefyll wrth ymyl un o'r doctoriaid.

'Mae'n wir ddrwg ganddon ni,' medda hwnnw. 'Does 'na fawr ddim y medrwn ni ei wneud iddo bellach. Dim ond ei gadw'n gyfforddus.'

Rydw i'n siglo uwch fy nhraed wrth glywed y geiriau, ond fedra i ddim dweud gair fy hun, dim ond syllu a syllu ar John yn gorwedd ar y gwely yn llonydd a di-liw, a chofio'i eiriau wrth iddo gychwyn y bore 'ma.

'Adra tua saith, Lydia.'

Ond ddaw y saith hwnnw ddim eto, na wnaiff?

'Oes 'na rywun inni ei ffonio?' hola'r nyrs. 'Yn gwmpeini ichi.'

Ond fedra i ddim dweud gair trwy'r dagrau yn fy ngwddw.

'Oes 'na rywun i'w ffonio, yn gwmpeini ichi?' hola'r nyrs eto.

'Sioned,' medda fi o'r diwedd. 'Sioned Drws Nesa.'

Ond dydw i ddim yn cofio sut i gael gafael arni, â fy meddwl yn chwalu'n ulw. Rydw i'n gwasgu ac anwylo llaw John a'r dagrau llosg yn treiglo'n afon ar fy wyneb.

'Mi aiff un ohonon ni,' cynigia un o'r plismyn.

Fedra i wneud dim ond nodio fy mhen a syllu ar John yn gorwedd mor llonydd â'i lygaid ar gau, a'i law mor oer, mor bell oddi wrtha i.

'John,' sibrydaf. 'John, rydw i yma efo chdi.'

Teimlaf gynhyrfiad bychan yn ei fysedd mewn ymateb. Rydw i'n ochneidio'n ddiolchgar. Mae o yma o hyd. Ella nad oedd y doctor yn iawn, ac y bydd yn agor ei lygaid, ac yn siarad a gwenu a chael hwyl, fel y bydd bob amser.

Ond ysgwyd eu pennau wna'r doctoriaid, a rhywsut, rydw inna'n gwybod, yn fy nghalon, nad oes gobaith bellach.

'O ... John!' ochneidiais.

Yna cyrhaeddodd Sioned.

'Lydia bach,' medda hi, gan afael amdana i.

Mi eisteddon ni'n dwy wrth ochr y gwely a syllu'n dawedog ar John. Doedd dim i'w ddweud, nag oedd, dim ond disgwyl a disgwyl am unrhyw symudiad.

'Dach chi wedi ffonio'i fam o?' holodd Sioned yn sydyn. 'Mi ddylai hi gael gwybod, Lydia.'

Mam John! Doeddwn i ddim wedi meddwl amdani. Doeddwn i ddim isio hi yma. John a fi oedd yn bwysig. Ni'n dau. Ond roedd llais bach cydwybod yn fy mhen yn dweud ...

'Mae hi'n fam iddo. Sgin ti ddim hawl.'

Ochneidio wnes i o'r diwedd, a throi at Sioned.

'Ia, ei fam,' meddwn i'n drymaidd. 'Mi ddylai hi fod yma.'

Roedd y geiriau 'i ffarwelio' ar fy nhafod, ond wnes i ddim eu llefaru. Fedrwn i ddim.

'Mi a' i i'w nôl hi,' medda Sioned.

Aeth munudau hir heibio a finna'n eistedd wrth ochr y gwely yn syllu a syllu ar yr wyneb tawel, a'r peiriant cynnal bywyd yn dwndwr yn fy nghlustiau. Cerddai'r doctor a'r nyrsys yn ôl ac ymlaen uwch ei ben, ond doedd dim cysur.

Cyrhaeddodd ei fam efo Sioned. Roedd golwg wedi dychryn arni, a phan welodd y corff llonydd ar y gwely, mi syrthiodd ar gadair a siglo'i hun yn ôl ac ymlaen.

Mi es inna ati a rhoi fy mreichiau amdani.

'John, y dyn gorau un,' meddwn i'n llawn dagrau.

'Ia, 'te, Lydia,' medda hi, a'i llais yn torri.

Eisteddais wrth ei hochr a gafael yn ei llaw wrth inni wrando ar anadl John yn arafu ... yn pallu chydig ... yna'n ochneidio'n llafurus, tra lledaenai oerni ffarwelio fel blanced drom amdanon ni.

'Dy garu di, John,' meddwn i'n ddagreuol. 'Am byth!'

Tawelwch ... a syllu ... a ninna'n disgwyl, tra pwysai aer trymaidd yr ysbyty o'n cwmpas. Arafodd ei anadl ... atal ... arafu ... atal drachefn, cyn iddo ochneidio, ochenaid fechan na chlywais i mohoni bron ... ac yna daeth distawrwydd, a llonyddwch, hir, llawn gwacter ... a cholled.

Mi sefais yno'n anwylo'i law a chofio'r hapusrwydd a'r gofal ges i ganddo.

'John,' meddwn i'n ddistaw. 'Diolch iti am bopeth.'

Teimlwn ei fam wrth fy ochr, a'i llaw yn gafael yn fy llaw inna, ac yn gwasgu ... gwasgu.

Eisteddais am hir yn anwylo'i law oer, nes y daeth nyrs i daenu'r gorchudd dros ei wyneb ac i arwain ei fam a finna i ystafell arall at Sioned. Roedd pawb yn stwyrian o fy nghwmpas, ond unig yn eu canol oeddwn i.

Roedd sŵn rhywun yn wylo'n afreolus. Ei fam. Doeddwn i ddim isio rhannu'r golled efo hi er inni fod law yn llaw wrth ei wely. Fy ngholled i oedd hi. Ond roedd hi'n fam iddo, ac er nad oedden ni'n fawr o ffrindiau, fedrwn i ddim peidio â'i chofleidio unwaith eto a rhannu ein tristwch.

'Diolch, Lydia,' medda hi'n gyndyn. 'Diolch am ei wneud o'n hapus.'

Doedd gen i ddim geiriau i'w hateb, dim ond edrych yn syn arni am eiliad, cyn ei chofleidio unwaith eto.

'Ddowch chi adra efo fi?' cynigiais.

Doeddwn i ddim isio'i chwmni, ond fedrwn i ddim ei gadael ar ei phen ei hun, er mai llonydd i alaru a chofio roeddwn i'n dyheu amdano.

'Ddowch chi adra efo fi?'

Nodio ddaru hi pan ofynnais iddi eilwaith. Ond cyfnod anodd fu'r dyddiau cyn yr angladd. Trefnodd Sioned Drws Nesa bopeth allai hi drosta i, er bod mam John yn dadlau isio cael ei ffordd ei hun. Isio claddu John efo'i dad, a gadael lle iddi hithau yn y bedd teuluol, heb falio beth ddigwyddai i mi.

'Chi ydi'i wraig o,' medda Sioned, wrth fy ngweld i'n digalonni yng nghanol yr anghydweld. 'Chi sydd i benderfynu.'

A dyna ddaru mi o'r diwedd. Anwybyddu dymuniad ei fam, a threfnu fel roeddwn i isio fel gwraig, er ei bod hi â'i phen yn ei phlu am nad oedd hi'n cael ei ffordd ei hun, ac wedi anghofio popeth am yr agosatrwydd, y gafael llaw, yn yr ysbyty.

'Mi fuaswn i'n licio meddwl bod John yn gorwedd efo'i deulu,' medda hi, drosodd a throsodd.

'A phwy sy'n fwy o deulu na'i wraig?' dadleuais inna o'r diwedd.

Doeddwn i ddim am ffarwelio efo John yng nghanol ffrae,

ond yr hyn sy'n iawn sy'n iawn, a doeddwn i ddim isio drwgdeimlad, felly mi wnes fy ngorau i fod yn deimladwy a chyfeillgar efo hi. Ond roedd hynny'n anodd.

'John druan,' medda hi, lawer gwaith bob dydd, gan edrych arna i fel taswn i ar fai.

Roeddwn i'n teimlo fel sgrechian yn aml, ond brathu'r geiriau ar fy nhafod wnes i.

Roedd Sioned yma bob cyfle gâi.

'Mi stedda i efo hi am chydig, ichi gael seibiant,' medda hi.

Roeddwn inna'n mynd i'r llofft ac yn eistedd yno ar fy mhen fy hun yn syllu ar ddim, a'm meddwl yn crwydro fel tôn gron dros bopeth, y golled a tybcd fûm i ar fai efo trefniadau'r angladd, ac ella y dylwn i fod wedi gadael i fam John gael ei ffordd ei hun ... a be, tybed, fuasa dymuniad John. Wyddwn i ddim, wnaethon ni erioed drafod.

Yna, mi es i i'r llofft fach ar ben y landin. Llofft y babi. Eisteddais ar y gwely ac agor drôr y cwpwrdd gwyn hwnnw brynodd John pan oedden ni'n llawn gobaith. Mae'r pethau i gyd yno, yn dal i ddisgwyl. Sawl gwaith yr eisteddais i yma ar y gwely yn ddigalon, a theimlo breichiau John amdana i a'i lais ...

'Chdi a fi, Lydia. Ddaw dim rhyngddon ni. Byth!'

Colled a cholled. Roedd y geiriau'n llenwi fy meddwl, heb ddiwedd iddyn nhw. Ond roedd yn rhaid imi wynebu dyfodol hebddo bellach.

Diwrnod du, tywyll, fu diwrnod yr angladd i mi. Diwrnod o gofio hir hapusrwydd, diwrnod o geisio amgyffred yr unigrwydd a diwrnod o drio 'ngorau i aros yn glòs efo'i fam. Ond roedd yn gebyst o anodd yn aml.

Dydw i'n cofio fawr ddim am y gwasanaeth yn y capel. Dim

ond ei fod wedi llifo drosta i yn don o golled a chysgodion, a finna'n rhewi'n grynedig yn y canol. Roedd yna ganu emyn a gweddïo a rhywun yn dweud gair o deyrnged, ond hunllef lawn poen oedd y cyfan i mi. Ond roeddwn i'n gafael yn dynn yn llaw mam John, am fy mod yn gwybod ei bod hithau'n golledus, fel finna.

Rydw i'n cofio'r arch yn diflannu'n araf i'r bedd a'r petalau dagrau gwynion ollyngais i a'i fam yn disgyn yn gawod wen, lawn gofid, arni wedyn. Ac yna roedd y cyfan drosodd, a ninna'n cydgerdded, fraich ym mraich, yn ddagreuol o'r fynwent. Am chydig, teimlwn yn reit agos ati, ond wrth gwrs, ddaru'r agosatrwydd hwnnw ddim para'n hir. Roedd hi'n dal i fy meio, ac edliw y dylai John fod yn y bedd teuluol, nid ar ei ben ei hun mewn bedd oeraidd.

'Hidiwch befo,' cysurodd Sioned. 'Un fel'na ydi hi.'

Ond roedd ei chwyno mor anodd ei ddiodda.

Wedi iddi fynd i'w gwely y noson honno, mi grwydrais yma ac acw yn edrych ar bethau yn y tŷ, ac yn eu byseddu a chofio'r amser hapus gafodd John a finna. Ein pethau ni'n dau oedd popeth, y pethau oedd yn rhan o gartref cynnes ein priodas.

Syllais ar y gadair wag lle byddai'n eistedd i dynnu'i sgidiau ar ôl diwrnod gwaith, ac ar ei slipas, y fflachod rheiny oedd yn ffefryn ganddo, yn eu lle arferol wrth y grât. Cyffyrddais y glustog ar gefn y gadair, lle byddai'n gorffwys ei ben cyn estyn am y papur a'i sbectol i ddarllen chydig, a gwenu'i wên dawel, wrth ddisgwyl am ei swper. Gwenais wrth gofio'i ffefryn, y pwdin reis croen brown hwnnw, a'r ddysgl fyddai o'n ei chrafu i'r byw bob amser. Yna, mi ddringais yn araf i fyny'r grisiau, yn unig.

Arhosodd ei fam am ddiwrnod ar ôl yr angladd. Rywsut,

roedden ni wedi gallu byw'n weddol gytûn efo'n gilydd, heb ddweud llawer, dim ond hiraethu'n dawel, heblaw am ambell bwl o ochneidio ac edliw ganddi hi.

'Diolch, Lydia,' medda hi'n drymaidd wrth ymadael. 'Mi fydd colled.'

'Mi ddo' i heibio,' meddwn i.

'Ia, dowch,' meddai, heb fawr o argyhoeddiad.

Mi es i'w gweld unwaith neu ddwy, ond doedd dim llawer o groeso. Ac mi wyddwn na fyddai fawr o gymdeithasu bellach yn ein hanes. Roedd John wedi mynd, a doedd hi ddim isio gweld llawer o'i merch yng nghyfraith tŷ teras eto, gan na allai hi faddau imi am wrthod claddu John mewn bedd teuluol. Ond fi oedd ei wraig, a fy nymuniad i oedd yn cyfri.

Rydw i'n edrych ar Sioned a chofio a chofio ...

Rŵan, yn y gadair 'ma, mae popeth yn fyw yn fy meddwl, er nad ydw i isio cofio, nac isio ailagor y dolur tywyll amrwd sy'n mynnu llechu yn fy mhen.

Mae geiriau yr amlen wen yma'n diasbedain yn fy nghlustiau a fedra i ddim cael gwared ar eu sŵn nhw. Rŵan rydw i'n syllu'n hir, hir ar yr amlen a'r hanes sydd yn y papur ac yn cofio'r golled, cofio'r hiraeth a'r unigrwydd, cofio popeth, tra mae'r cryndod yn tyfu a'r cysgod du yn gwrlid myglyd amdana i.

'Rydw i wedi colli John,' medda fi wrth Sioned o'r diwedd. 'A finna wedi anghofio.'

'Wedi marw ar ôl y ddamwain, Lydia,' medda Sioned, yn garedig.

Ond eto ... eto ... mae o yma efo fi. Yn dŵad adra wedi diwrnod o waith a finna'n tendio arno.

'Dydi o ddim yn wir,' medda fi'n bendant, sydyn, gan

wasgu'r papur yn belen galed rhwng fy mysedd. 'Fedar o ddim bod yn wir.'

Rydw i'n gwrthod celwydd y darn papur. Sut y gall o fod wedi marw a finna wedi paratoi brecwast iddo fo ddoe? Mi rois i ddwy sleisen o facwn o dan y gril ac wy yn y badell efo bara saim.

'Roedd o yma ddoe, Sioned,' medda fi. 'Wedi mynd allan efo'r lorri 'na mae o rŵan. Dydi o ddim yn wir, Sioned,' medda fi'n bendant eto. 'Dydi o ddim yn wir.'

Ond ddaru hi ddim ateb, dim ond edrych arna i a'i llygaid yn llawn dagrau.

Mae afon ddu yn mynnu byrlymu tu mewn imi a finna'n ymladd yn ei herbyn. Choelia i byth gelwydd y darn papur newydd 'na. Byth! Rydw i'n disgwyl am John. Efo'r hen lorri 'na mae o, fel arfar. Mi fydd yma'n fuan, yn disgwyl am ei swper.

Ond mae rhywun yn crio a wylofain yn fy nghlustiau, a'r düwch yn cynyddu a chrechwenu y tu mewn imi. Mae o'n llyncu popeth … yn fy meddiannu ac yn troi a throsi nes i bopeth ddiflannu, a gadael colled … a cholled … a cholled … a finna'n ymladd i'w wrthod.

'John! Jooohn!'

Rydw i'n codi'n frysiog, ond mae'r düwch yn cau a gwasgu amdana i, a'r dwndwr yn cynyddu'n orffwyll yn fy nghlustiau … rydw i'n … poen … tywyllwch …

Dim.

6.

Rydw i yn rhywle. Mae sŵn traed a pheiriannau'n siffrwd, a lleisiau y tu ôl i'r llenni caeedig o gwmpas y gwely 'ma. Tybed ydw i wedi cael niwmonia eto?

Gynna roeddwn i efo Sioned, wedi gwrando arni'n darllen rhywbeth. Roedd amlen a darn o bapur newydd yn fy llaw. Papur â hen gelwydd cas arno fo. Doeddwn i ddim yn credu'r celwydd, ond fedra i ddim cofio be oedd y celwydd, chwaith, dim ond nad oedd o'n wir.

Mae fy meddwl yn wag wrth i mi syllu ar y nenfwd heb graciau sydd uwch fy mhen, ond roedd 'na nenfwd arall yn rhywle, a chraciau'n crwydro drwyddo, wn i ddim i ble.

'Dach chi wedi deffro, Lydia?'

Nyrs. Mae hi'n gwisgo'r peth glas 'na ... mwgwd ... a finna'n methu ei nabod hi.

'Ysbyty ydi fama?'

'Ia.'

Mae hi'n rhoi teclyn am fy mys.

'Jest cael eich pwysa gwaed.'

'Ydw i wedi cael niwmonia?'

'Wedi bod yn sâl,' ydi'r ateb.

'Sâl ydi niwmonia, 'te?'

Wedi iddi orffen, mae hi'n pentyrru gobenyddion tu ôl i fy nghefn, er mwyn i mi gael eistedd i edrych o gwmpas y lle.

'Mi gewch damaid i'w fwyta'n o fuan,' medda hi.

Erbyn meddwl, rydw i isio bwyd. Debyg y daw'r ddynas helpu â'r cinio'n fuan, ar duth gwyllt fel arfar.

'Pa ddynas helpu sydd heddiw?'

Ond mae hi wedi mynd cyn ateb.

Rydw i'n edrych ar y gwlâu o 'nghwmpas i. Mae 'na rywun ym mhob un. Ydyn nhw'n sâl hefyd? Ond wna i ddim siarad efo 'run ohonyn nhw, er eu bod nhw'n edrych arna i, nes y daw John.

Mae cysgod du yn llenwi'r gwagle yn fy mhen wrth imi feddwl amdano, a fy nhu mewn yn dechrau crynu. Tybed oes rhywbeth wedi digwydd iddo? Nac oes, siŵr, neu mi fuaswn i'n gwybod, a finna'n wraig iddo, ac wedi byw efo fo ar hyd y blynyddoedd.

Mi ges i ginio ar hambwrdd o 'mlaen. Pei efo crwst tew a mymryn bach o gig tu mewn iddi. Reit flasus, am wn i, ond wnes i ddim bwyta llawer. Nid y ddynas helpu ddaeth â fo. Does dim golwg ohoni, nac o Sioned Drws Nesa. Rhyfedd, 'te!

Mi gyrhaeddodd doctor i holi a stilio uwch fy mhen i.

'Dach chi'n cofio be ddigwyddodd, Mrs Parry?'

'Niwmonia ges i, 'te.'

'Ddim y tro yma. Taro'ch pen wrth syrthio wnaethoch chi, a dach chi wedi bod yn sâl am rai dyddiau.'

'Ar fy ngwyliau ydw i?'

'Na, na, yn yr ysbyty.'

'Ydi John yn gwybod?'

Ysgwyd ei ben ddaru o, a siarad yn ddistaw efo'r nyrs wrth waelod y gwely. Mi fedrwn ei glywed yn dweud rhywbeth am gymysglyd iawn ... angen ei gweld ... adran arall ... fedar hi ddim ... angen gofal. Wn i ddim am bwy mae o'n siarad. Ta waeth, rydw i'n disgwyl John.

Rydw i wedi cael napan fach ac yn dal i ddisgwyl amdano.

Mae o efo'r lorri 'na eto, siŵr o fod, ond wnaiff o ddim anghofio amdana i.

Mi fyddwn ni'n cael amser da. Mynd am dro ac am wyliau bach efo'n gilydd, ac yn eistedd ar y soffa yn glòs a chyfforddus bob gyda'r nos pan fyddwn ni adra. John a fi. Fi a John. Mi gawn ni wneud pethau eto hefyd, pan ddaw John i fy nôl i, a phan fydda i wedi darganfod y fi sydd ar goll.

Ble mae'r Bocs Erstalwm? Rydw i'n taflu'r cwrlid o'r neilltu ac yn codi o'r gwely i chwilio amdano. Mae criw o nyrsys wrth y ddesg.

'Lle dach chi'n mynd, Lydia?'

'I chwilio am y bocs. Roedd o gen i gynna.'

'Pa focs?'

Wel, am gwestiwn gwirion.

'Y Bocs Erstalwm, siŵr.'

Rydw i'n trio egluro bod lot o luniau ynddo fo, a finna'n chwilio amdanaf fy hun yn eu canol nhw, am fod y niwl yn drysu pethau yn fy mhen i ... a bod Sioned Drws Nesa yn gwybod. Rydw i'n beichio crio wrth feddwl fod y bocs ar goll.

'Peidiwch â phoeni, Lydia. Dowch yn ôl i'r gwely. Mi ffonia i'ch ffrind chi. Mae'r rhif ffôn gynnon ni.'

Mi fydd popeth yn iawn wedi i Sioned Drws Nesa ddŵad â'r Bocs Erstalwm imi.

Rydw i'n eistedd yn y gwely ac yn edrych ar y bobl sydd yma. Mae'n braf cael cwmpeini, rhywun i edrych arnyn nhw ac i wylio be maen nhw'n ei wneud. Eistedd ac edrych o gwmpas maen nhw, fel finna. Mae ambell un yn edrych arna i ac yn gwenu, ond dydw i ddim am wenu'n ôl. Dydw i ddim yn eu nabod nhw. Ond dydw i ddim yn teimlo mor unig yn eu canol nhw. Maen nhw yna yn lle'r muriau gwag, unig rheiny ... oedd yn rhywle, wn i ddim lle. Yn y tŷ teras heb John, falla. Pam oedd hynny? Tybed fûm i'n byw ar fy mhen fy hun yno? Ond na, hel meddyliau gwirion ydw i. Disgwyl John yn ôl efo'r lorri oeddwn i, efo'r merched helpu'n galw mynd-a-dŵad ar ôl imi gael y niwmonia.

Cofio …

Roeddwn i'n eistedd mewn cadair yn edrych ar y pedair wal, yn disgwyl am y ddynas helpu, ac yn gwylio Sioned Drws Nesa'n casglu'r lluniau oedd ar lawr ac yn estyn amlen wen imi … ac yn darllen pwt o bapur newydd wedyn … a geiriau celwyddog arno fo, a finna'n trio codi … a rhywun yn crio a wylofain … a düwch yn cynyddu o 'nghwmpas i ac yn fy llyncu. Mae'r pwll mawr du yn agor o 'mlaen i unwaith eto. Tybed ai erstalwm oedd hynny? Ble mae Sioned Drws Nesa? Mi fydd hi'n gwybod.

Mae 'na ragor o bobl wrth droed y gwely. Maen nhw'n edrych arna i â phapurau yn eu dwylo. Waeth gen i amdanyn nhw. Rydw i'n berffaith fodlon yn y gwely 'ma'n disgwyl am John. Does bosib y bydd o'n hir rŵan, ac yna, mi gawn ni eistedd ac edrych i mewn i'r Bocs Erstalwm pan ddaw Sioned Drws Nesa â fo, a chofio pawb efo'n gilydd.

Mae'r Bocs Erstalwm wedi cyrraedd. Y nyrs wedi dŵad â fo, ond does 'na ddim golwg o Sioned.

'Lle mae Sioned?'

'Chaiff hi ddim dŵad i mewn o achos Covid. Cofio atoch chi, medda hi.'

Rydw i'n syllu ar y Bocs Erstalwm. Rywsut, rydw i'n teimlo'n ddiogel efo fo ar y gwely. Fi, a phawb rydw i'n ei nabod, ynddo fo, tydyn. Dydw i ddim am ei agor o chwaith, rhag ofn i rywun ddwyn y fi ohono fo. Mi fuaswn i ar goll am byth wedyn.

Does 'na ddim llonydd i'w gael yn y lle 'ma. Mae'r nyrsys yn swnian ac yn mynnu gwthio rhywbeth i lawr gwddw ac i fyny trwyn rhywun, wn i ddim sawl gwaith y dydd. Ar yr hen aflwydd 'na mae'r bai.

Rydw i wedi bod yn y gwely 'ma ers wn i ddim faint, ond dydi John byth wedi cyrraedd. Allan efo'r hen lorri 'na eto, debyg.

Mae'r nyrsys a phobl ddiarth yn tin-droi o 'nghwmpas i ac yn gofyn cwestiynau gwirion.

'Faint ydi'ch oed chi, Lydia?'

'Lle dach chi'n byw?'

'Be 'di enw'ch tŷ chi?'

Petawn i'n medru cofio, mi fuaswn i'n dweud wrthyn nhw. Ond mae'r hen niwl 'na lond fy mhen i, a fedra i ddim cofio pethau. Mae'n well iddyn nhw ofyn i Sioned Drws Nesa. Mae hi'n gwybod.

Mae'r nyrsys yn mynd â fi i'r stafell molchi, yn union fel y bydd y ddynas helpu'n ei wneud. Ond dydi honno ddim yn fama am ryw reswm. Ella ei bod hi wedi cael joban arall.

Dydw i ddim yn unig yma efo pobl yn y gwlâu a'r doctoriaid a'r nyrsys, fel morgrug ar hyd y lle 'ma. Mae'n braf cael gweld pobl a gwylio be maen nhw'n ei wneud, a gwrando ar sgwrsys. Mi fydd John wrth ei fodd, pan ddaw o.

Tybed ydw i yma ers tro? Rydw i wedi hen gynefino efo'r bobl sydd yn y gwlâu o 'nghwmpas i, ond eu bod nhw'n mynnu newid i fod yn rhywun arall bob yn ail ddiwrnod. Mae'n rhaid nad ydyn nhw'n hapus yma.

Wn i ddim ydw inna'n hapus yma chwaith, ddim o ddifri. Mi fuasa'n well imi fynd adra. Mae Sioned Drws Nesa a'r bobl helpu yn fanno. Ac mi fydd honna, y ddynas helpu efo gwallt melyn sydd wedi troi'n ddu, yno hefyd. Roeddwn i'n licio'i gweld hi er nad ydw i'n cofio pwy ydi hi. Roedd hi'n dŵad â threiffl imi. Un da oedd o hefyd. Roeddwn i'n nabod rhywun oedd yn gwneud treiffl, ond fy mod i'n methu cofio pwy.

Dydw i ddim am aros yma am ciliad yn rhagor. Rydw i am fynd adra. Fanno mae John yn disgwyl amdana i, siŵr o fod. Rydw i'n gafael yn y Bocs Erstalwm ac yn llithro 'nghoesau dros erchwyn y gwely. Lle mae fy slipas i, deudwch? Ond does dim ots amdanyn nhw. Mae gen i rai eraill adra, rhai brown efo botwm melyn arnyn nhw. Rydw i'n anelu i gyfeiriad y coridor ac i lawr grisiau llydan.

Mae pobl yn edrych yn od arna i dros y pethau glas 'na sy'n cuddio'u cegau nhw, ond does neb yn dweud gair. Wn i ddim pam maen nhw'n llygadu, mae gan bawb hawl i fynd adra. Ella mai dyfalu beth sydd yn y Bocs Erstalwm maen nhw, felly rydw i'n gafael yn dynnach ynddo fo, rhag ofn. Mae'n siŵr bod John wedi cyrraedd ers meitin ac yn methu dallt ble ydw i. Mi fydd jest â llwgu, a finna heb gael cyfle i baratoi swper. Lobsgows a phwdin reis croen brown. Mae o wrth ei fodd efo'r rheiny.

Rhyfedd! Mae mwy o bobl yn sefyll ac yn sbio arna i. Beth sydd arnyn nhw, deudwch? Mae'n rhaid na welson nhw rywun yn mynd adra o'r blaen.

Mae fy nhraed yn fferru ar lawr y coridor 'ma. Biti na fuasa ganddyn nhw garped. Mae pobl isio croeso wrth gyrraedd lle diarth.

Jest wrth i mi gyrraedd y drws rownd-a-rownd, mi gyrhaeddodd nyrs ar garlam.

'Tydi hi ddim yn amser mynd rŵan, Lydia,' medda hi.

'Ond mae John yn ...'

'Panad gynta, Lydia,' medda hi. 'A slipas am eich traed.'

'Ia, 'te ... slipas,' medda fi, gan syllu ar fy nhraed.

Does gen i ddim sanau chwaith.

Anghofus, 'te! Cychwyn am adra heb ddim am fy nhraed!

'Dowch, mi gawn ni banad yn y ward,' medda hi.

Rydw i'n dechrau chwerthin.

'Panad ... a phanad ... a phanad,' medda fi.

'Ia, lot ohonyn nhw,' cytunodd y nyrs.

'Sioned yn licio panad,' eglurais. 'Panad a phanad a phanad. Eli i'r galon!'

Mae fy nhraed i'n oer ar lawr y coridor, a finna wedi blino.

'Mae'n well i chi beidio â chrwydro eto,' medda'r nyrs wrth fy rhoi yn y gwely. 'Rhag ofn ichi fynd ar goll.'

Ond mi rydw i ar goll yn barod, tydw! A waeth faint rydw i'n chwilio a chwilio, fedra i ddim cael gafael ar y fi 'na sydd yng nghanol y niwl.

Mae 'na lot o siarad wrth droed y gwely eto, criw ohonyn nhw efo'u papurau a'u beiros a'u sbectols, yn ysgwyd eu pennau ac yn edrych arna i uwchben y pethau glas 'na sy'n cuddio'u cegau.

'Lydia,' medda un ddynas. 'Rydan ni am eich anfon i rywle i wella'n iawn.'

'Ydi John yno?' gofynnais.

Rhyw olwg be-wna-i oedd arni, cyn iddi nodio'i phen.

'Yn siŵr o fod,' medda hi.

'Mae o'n disgwyl amdana i,' medda fi'n syth, gan estyn i afael yn y Bocs Erstalwm a chodi o'r gwely.

'Mynd fory, nid heddiw,' medda hi wedyn.

Pan na fedar hi benderfynu'n iawn? Pa iws aros, a John yn disgwyl?

7.

Rydw i'n syllu ar y nenfwd mawr, gwyn, uchel sydd uwch fy mhen. Does 'na ddim craciau ynddo fo, ond mi welais i nenfwd â chraciau yn rhywle, rywdro, a'r rheiny'n crwydro yma ac acw, wyddwn i ddim i ble. Ond ta waeth, mae'r nyrs yn dweud fy mod i'n mynd o 'ma heddiw. I wella'n iawn, medda hi. Mi stedda i ar y soffa efo John, yn gwmpeini braf, i wella efo'n gilydd.

Ond be sydd arna i? Dydi John ddim angen gwella. Mae o'n iawn, tydi, ond ei fod o efo'r lorri 'na, ac yn hwyr yn cyrraedd adra.

Roedd gen i adra cyn imi ddŵad i fama, a phobl helpu yn dŵad i fusnesu, ond eu bod nhw'n rhai gwahanol bob dydd. Ac roedd 'na ddynas helpu, efo gwallt du wedi troi'n felyn, yn fy ngalw i'n Anti Lydia. Pwy oedd honno, deudwch?

Rydw i wedi molchi a chael yr hen beth 'na i fyny 'nhrwyn ac i lawr fy ngwddw eto. Mae gen i sgert a chardigan binc gynnes amdanaf a sgidiau am fy nhraed. Rydw i'n mwytho llawes y gardigan ac yn teimlo'r gwlân meddal, esmwyth o dan fy mysedd. Fi piau hi?

Cardigan binc! Cofio Mam ...

'Dyna chdi rŵan, Lydia. Gwisga hon i fynd i'r ysgol. Yli del ydi hi.'

Does dim ots gen i am y del. Dydw i ddim isio mynd i'r ysgol. Fûm i erioed yno o'r blaen. Adra efo Mam rydw i isio bod. Ond mae'n rhaid imi fynd. Mae Mam wedi dweud.

Rydw i'n cerdded law yn llaw efo hi am giatiau'r ysgol. Mae 'na lot o blant yno, ond does neb efo cardigan binc efo blodau fel f'un i. Rydw i'n gwenu wrth weld pawb yn edrych arni.

'Elsi ydw i. Be 'di d'enw di?' medda rhywun.

Cardigan las heb ddim blodau arni sydd gan Elsi. Ond dim ots, rydan ni'n ffrindiau trwy'r dydd ac yn eistedd efo'n gilydd i wrando ar stori. Cofio'n iawn. Sgwn i lle mae Elsi rŵan? Mi wnes i grempogau iddi y diwrnod o'r blaen. Tybed wnaeth hi eu bwyta nhw? Dim ots, mi wna i rai eto, wedi i John ddŵad adra.

Mae'n rhaid fy mod i am fynd i rywle a finna'n gwisgo cardigan a sgidiau. Ond dydw i ddim am fynd i nunlle heb y Bocs Erstalwm. Yn fanno mae'r fi honno sydd ar goll.

Mi fydd John yn disgwyl amdana i, yn bydd? Ond eto, mae 'na hen deimlad annifyr pan ydw i'n meddwl amdano. Fel petai o ar goll, fel fi, a finna wedi anghofio. Efo'r hen lorri 'na mae o, ac yn hwyr byth a beunydd efo'i waith a finna wedi dweud a dweud wrtho am weithio llai. Ond mae o'n dal i weithio'n galed a rhedeg yn ôl ac ymlaen at y ddynas arall 'na hefyd. Honno sy'n swnian o hyd ac yn perthyn iddo fo.

Mae 'na ddwy ddynas ddiarth yn cyrraedd at y gwely. Maen nhw'n gwisgo'r pethau 'na i guddio'u cegau ... mygydau ... fel y nyrsys yn y lle 'ma. Sgwn i sut rai ydyn nhw y tu ôl i'r pethau glas gwirion?

'Barod rŵan, Lydia?'

Dydw i'n dweud dim.

'Gwisgwch y mwgwd 'ma, am eich bod chi'n mynd allan.'

Mae hi'n estyn un o'r pethau glas imi. Dydw i erioed wedi gwisgo peth mor wirion, ond rydw i'n gwneud fy ngorau. Mae isio rhoi'r llinynnau dros fy nghlustiau a'u hymestyn dros fy nhrwyn a 'ngheg. Hen deimlad od a finna'n methu cael fy ngwynt.

'Lle 'dan ni'n mynd?'

Yna, rydw i'n cofio. Mae John yn disgwyl amdana i yn rhywle. Mi fyddwn ni'n gwella efo'n gilydd. Ond dyna rwtsh, 'te! Dim ond fi sydd wedi bod yn sâl, siŵr iawn. Niwmonia, meddan nhw.

'Barod?'

'Ydw,' medda fi, gan afael yn y Bocs Erstalwm.

Maen nhw'n fy ngosod yn ddel mewn cadair olwyn â'r Bocs Erstalwm ar fy nglin. Rydw i'n cau fy mysedd amdano. Mae'r coridor yn hir a swish-swish yr olwynion yn suo yn fy nghlustiau a phobl yn edrych arna i uwchben y pethau glas 'na, a neb yn dweud cymaint â 'helô'.

A dyma ni, trwy'r drws ac yn yr awyr iach. Teimlad braf ydi bod allan a theimlo'r awel yn cyffwrdd fy nhalcen. Mae 'na lot o bobl a cheir a bysys y tu allan, ond er imi graffu ar bawb a phopeth, wela i neb rydw i'n ei nabod. Maen nhw'n cuddio y tu ôl i'w mygydau, a does dim ond eu llygaid nhw i'w weld.

Dydi'r merched 'ma'n dweud fawr ddim wrth inni fynd yn y car mawr 'ma, dim ond siarad, mwgwd wrth fwgwd, efo'i gilydd a rhyw 'Ydach chi'n iawn, Lydia?' pan maen nhw'n cofio.

Mae'n braf gweld y caeau a'r ceir a phobl ar y stryd, ond wela i neb rydw i'n ei nabod rŵan, chwaith. Ymhen dipyn, mae'r car yn troi i mewn trwy giatiau ac yn aros o flaen drws adeilad mawr. Mae lot o arwyddion wrth y drws.

'Be mae'r rheina'n ddweud?' gofynnaf, wrth geisio gwneud synnwyr o'r llythrennau.

'Pawb i wisgo mwgwd ac i ganu'r gloch,' oedd yr ateb.

Od, 'te! Wrth gwrs fod pawb yn canu'r gloch cyn mynd i le diarth.

'Fedrwch chi gerdded heb y gadair olwyn, Lydia? Dim ond dau gam ydi o.'

On'd ydw i wedi cerdded i bobman erioed? Cwestiwn dwl.

Maen nhw am afael yn fy mreichiau a fy helpu i fyny'r stepiau at y drws, ond rydw i'n gwrthod symud. Mae'r Bocs Erstalwm wedi'i adael ar sedd y car. Wna i ddim symud cam hebddo fo. Waeth gen i amdanyn nhw.

'Y Bocs Erstalwm,' medda fi, gan sefyll yn stond.

'O, hwnnw,' medda un ohonyn nhw'n reit ddidaro.

Ond dydi *hi* ddim ar goll rywle yn y bocs, yn nac ydi. Mae hi'n estyn amdano a'i gario at y drws. Ond fy mocs i ydi o. Fi sydd ynddo yn rhywle. Rydw i'n mynnu gafael ynddo. Fi piau fo.

Mae drws yn agor ar ôl canu'r gloch, ac mae dynas mewn oferôl pinc yn sefyll yno. Mae hon yn gwisgo'r peth glas 'na ... mwgwd ... hefyd.

Mae rhuban coch am ei gwddw a'i henw ar gerdyn yn hongian arno.

'Gwenda ydw i,' medda hi, gan ei ddangos imi.

'O!' medda fi.

'Gwisgwch y mwgwd nes i chi gyrraedd eich llofft, Lydia,' medda hi wedyn, 'a rhoi'r stwff 'ma ar eich dwylo.'

On'd oes 'na drafferth cyn symud cam? Ar yr hen aflwydd, y Coronova 'na, mae'r bai.

Rydw i'n gafael yn dynn yn y Bocs Erstalwm ac yn cerdded yn araf ar hyd y coridor, efo goleuadau yn crogi uwchben i ddangos y ffordd. Mae arogl tebyg i ddisinffectant yn goglais fy ffroenau. Tybed ydw i mewn ysbyty eto? Rydw i am ofyn i'r Gwenda-oferôl-pinc 'ma, ond mae hi geg yn geg efo'r merched ddaeth efo fi yn y car mawr hwnnw. Mi ofynna i eto, ar ôl i John gyrraedd. Drysau wedi'u cau sydd bob ochr i'r coridor 'ma, ond mae un drws ar agor. Rydw i'n aros ac yn edrych i mewn.

'Y lolfa, Lydia,' medda Gwenda-oferôl-pinc. 'Mi gewch fynd i fanna i eistedd weithiau, a chael sgwrs, os bydd y Covid 'ma'n cadw draw.'

Rydw i'n edrych ar y cadeiriau sydd yma ac acw tu mewn, yn bell oddi wrth ei gilydd.

'Fedar neb gael sgwrs fel'na, siŵr iawn,' medda fi. 'Maen nhw'n rhy bell i sgwrsio.'

Ond dydw i ddim am fynd i'r ystafell fawr yna i sgwrsio nes bydd John wedi cyrraedd, inni gael eistedd yno efo'n gilydd.

Gwenu wnaeth Gwenda-oferôl-pinc, a cherdded ymlaen efo fi.

'Dyma'ch stafell chi, ylwch.'

Mae'n edrych yn lle reit gyfforddus. Rydw i'n edrych o gwmpas cyn eistedd mewn cadair wrth y gwely. Mae dwfe melyn a brown arno a chlustogau wedi'u pentyrru yn batrwm wrth ei ben. Mae'r merched ddaeth â fi yma yn sgwennu a siarad efo Gwenda-oferôl-pinc, uwch pentwr o bapurau.

'Dyna ni rŵan,' meddan nhw o'r diwedd. 'Mi fyddwch yn hapus yma, Lydia ... nes byddwch chi wedi gwella, 'te?'

Faint o wella sy 'na efo niwmonia? A ble mae John? Ond mi fydd yma'n fuan ac mi gawn ni eistedd efo'n gilydd wrth y gwely.

Dim ond un gadair sydd yma!

'Lle mae cadair John?'

Ond mae pawb wedi mynd. A dyma fi'n eistedd yn fama ar fy mhen fy hun. Be wna i rŵan? Maen nhw wedi rhoi'r teledu ymlaen, ond dydw i ddim isio gwylio'r paldaruo diddiwedd sydd arno.

Rydw i'n gafael yn y Bocs Erstalwm ac yn agor y caead er

mwyn chwilio am y fi sydd ynddo yn rhywle. Rydw i'n gwagio'r lluniau yn bentwr ar y dŵfe ac yn cyfri'n uchel wrth eu gosod yn llinellau twt: un, dau, tri, pedwar, pump ... ac un, dau, tri, pedwar, pump, nes eu bod nhw'n cuddio'r gwely, bron. Rydw i'n eu bodio a chwilota drwyddyn nhw, un ac un, ond wela i neb rydw i'n ei nabod.

Mae 'na ddarnau ohona i'n cuddio yng nghanol y lluniau, a finna'n dyfalu pwy ydi'r bobl sydd ynddyn nhw. Ond mi fydd John yn gwybod.

Rydw i'n pwyso'n ôl yn y gadair ac yn cau fy llygaid. Mae'r niwl rhyfedd 'na'n llenwi fy mhen eto ac yn troelli'n gylchoedd rownd a rownd i fy nychryn. Ble mae pawb?

Rydw i'n unig.

Erbyn hyn, rydw i yn fy ngwely â'r Bocs Erstalwm wrth fy ochr. Lle rhyfedd sydd yma. Mi ges i baneidiau te, a chinio a swper yn y stafell 'ma, ond dydw i ddim wedi gweld Sioned Drws Nesa, na neb arall rydw i'n ei nabod. A does 'na ddim golwg o John.

8.

Mi gysgais efo'r Bocs Erstalwm ar y dŵfe wrth fy ochr. Mae o'n ddiogel yn fanno, a finna'n medru cyffwrdd ynddo wrth fynd i gysgu. Roedd 'na gloc yn taro pan ddeffrais i bore 'ma. Wn i ddim faint ydi hi o'r gloch chwaith.

Mae 'na ddynas mewn oferôl pinc yn dŵad i mewn.

'Bore da, Lydia. Ydach chi'n barod i godi a molchi?'

Wn i ddim pwy ydi hi efo'r peth glas 'na'n cuddio'i cheg.

'Lle mae'r ddynas helpu?'

'Ni sy'n helpu yn fama. Wendy ydw i.'

'O!'

Wn i ddim ges i Wendy o'r blaen.

Rhyfedd, 'te! Roeddwn i'n nabod lot o bobl helpu ryw dro, doeddwn? Roedden nhw'n dod i fy ngwisgo a fy molchi a gwneud cinio. Dydw i ddim yn cofio pwy oedden nhw chwaith. Ond roedd 'na … cofio rŵan, Carys, yn fy ngalw yn Anti Lydia am ei bod hi'n perthyn i rywun. Yna, rydw i'n cofio ac yn chwerthin. Arthur, siŵr. Ffrindia … ia, cusanu … na!

Rydw i'n meddwl a meddwl, wrth geisio cofio mwy. Roedd yna Elsi erstalwm hefyd. Un ddel a chariad ganddi, ond mi aeth i rywle. Roedd gen inna rywun hefyd. John. Hen foi clên. Rydw i'n disgwyl amdano rŵan.

Mi ges i frecwast ar ben fy hun yn y llofft 'ma. Mae hi'n llofft reit neis, am wn i. Ond roeddwn i mewn llofft arall yn rhywle, ryw dro, ac yn gorwedd mewn gwely ac yn dyfalu ble roedd craciau'r nenfwd yn mynd. Rydw i'n cofio hynny.

Tybed mai fy adra i oedd fanno? Roedd 'na ddynas helpu bob bore, lot ohonyn nhw, a Sioned Drws Nesa yn galw i mewn hefyd. Ond dydw i ddim yn cofio, chwaith. A doedd John ddim yno. Efo'r lorri 'na eto, debyg.

Mae'r bore'n hir, a finna'n eistedd yn fama efo'r teledu'n mwmian yn y gornel. Ond mi ddaeth y Wendy-oferôl-pinc 'na i'r llofft â ffôn yn ei llaw.

'Sioned ar y ffôn ichi, ylwch,' medda hi, gan ei estyn imi.

'Ffôn? I mi?'

'Ia, eich ffrind, Sioned.'

Wn i ddim pryd ges i alwad ffôn o'r blaen. Ond rydw i'n cofio rhyw ddyn yn ffonio ryw dro isio imi symud fy arian. Gwirion, 'te! Mae fy arian i yn y ... wn i ddim lle, dim ond eu bod nhw yno.

'Sioned,' medda'r ddynas-oferôl-pinc 'ma eto a dal y ffôn o flaen fy nhrwyn.

'Helô,' medda fi.

'Lydia! Sioned sy 'ma. Dach chi'n setlo yn y lle newydd?' holodd y llais.

Roeddwn i'n dyfalu pwy oedd Sioned am eiliad. Yna, dyma fi'n ei chofio. Sioned Drws Nesa, siŵr iawn. Dydw i'n anghofio pethau, deudwch!

'Yma ar fy ngwylia, Sioned,' medda fi. 'Mi fydda i adra'n fuan.'

Roedd Sioned yn ddistaw am eiliad.

'Byddwch, siŵr.'

'Disgwyl am John ydw i.'

Chymerodd Sioned ddim sylw, dim ond dweud y byddai hi yma i fy ngweld yn fuan, am ei bod hi wedi rhoi ei henw ar ryw restr ymweld, beth bynnag ydi hynny. Ond mi fydd yn rhaid inni gyfarfod mewn cwt awyr iach tu allan, medda hi. Rhyfedd, 'te!

'Fydd gynnoch chi deisen gyraints?'

'Siŵr o fod,' medda Sioned. 'Ella y cewch chi banad efo'r deisen yn eich llofft.'

'Panad ... a phanad ... a phanad!' medda fi.

'Eli i'r galon,' cytunodd Sioned.

Rywsut, rydw i'n fodlon ar ôl clywed llais Sioned. Un dda ydi hi. Byw drws nesa i mi yn ... rhywle, 'te! Ac mi gaiff John deisen gyraints a phanad efo fi, wedi i Sioned ddŵad yma.

Mae'r ddynas Wendy-oferôl-pinc 'na yn ei hôl efo hambwrdd â chawl pys a ham arno.

'Cinio rŵan,' medda hi. 'Mi gewch fynd i'r lolfa am chydig wedyn, ond mi fydd yn rhaid ichi olchi'ch dwylo a chael prawf gynta. Mae'n ddiwrnod arbennig heddiw. Gladys Parry yn gant ac un oed!'

Dydw i ddim yn nabod 'run Gladys Parry.

Mae un o'r bobl-oferôls-pinc 'ma yn mynnu gwthio'r peth hir 'na i fyny 'nhrwyn ac i lawr fy ngwddw cyn imi fynd i'r stafell fawr. Ych a fi! Ond does dim angen y peth glas 'na i guddio 'ngheg, medda hi. On'd ydi pethau'n rhyfedd! Ei wisgo un munud a dim y tro arall. Ac mae fy nwylo'n goch sglein wedi'u golchi a'u golchi nhw. Wn i ddim pam maen nhw'n brygowtha o hyd. Dwylo glân fu gen i erioed.

Rydw i'n eistedd mewn cadair rŵan ac yn edrych ar y balŵns yn crogi yma ac acw, yn y lle mawr 'ma, ac ar faner yn dweud 'Pen-blwydd Hapus Gladys'.

Wn i ddim pam rydw i'n y lle 'ma efo pobl yn eistedd yn bell, yma ac acw, a neb yn dweud bw na be wrth ei gilydd. Mae'r Bocs Erstalwm wrth fy ochr. Doeddwn i ddim am symud cam hebddo fo, ac mi ddeudis i hynny wrth y ddynas-oferôl-pinc, pwy bynnag oedd hi, cyn inni adael y llofft.

Mae 'na sŵn traed ac olwynion yn y coridor a chriw o ferched-oferôl-pinc yn rholio rhywun mewn cadair olwyn i'r ystafell, ac yn dweud 'Pen-blwydd Hapus i Gladys' yn uchel, ac yn curo'u dwylo.

Rydw i'n edrych ar y Gladys Pen-blwydd 'ma yn y gadair olwyn. Mae hi'n fychan ac yn ei chwman, yn union fel petai hi wedi plygu arni'i hun rywsut. Yna, mae hi'n codi'i phen ac yn edrych yn araf o'i chwmpas.

Rydw i'n edrych ac edrych arni. Dydw i ddim yn ei nabod hi, dwi'n siŵr o hynny. Ond mae hi'n syllu arna i a finna arni hithau am eiliadau hir … hir … cyn iddi hanner estyn ei llaw tuag ata i. Rydw inna'n gwneud yr un peth yn ôl, ond dydw i ddim yn siŵr iawn pam, chwaith, ond ella fy mod wedi'i gweld hi yn rhywle o'r blaen, a'i fod o'n rhywbeth pwysig i'w wneud.

'Lydia!' medda hi'n grynedig.

Mae o'n llais glywais i yn rhywle o'r blaen, wn i ddim yn lle, ond yn rhywle.

'Lydia!' medda hi eto.

Rhyfedd!

Yna, mae'r merched-oferôl-pinc yn dŵad i mewn efo teisen siocled fawr a chant ac un mewn rhifau eisin pinc arni.

Maen nhw'n estyn tamaid i bawb ac yn ffysian o gwmpas y Gladys Pen-blwydd 'ma. Debyg bod cant ac un yn hen, tydi.

Ond dim ots. Rydw i'n edrych ar y darn teisen gefais i … un mawr! Mi fydd 'na ddigon i John, pan ddaw o.

Rydw i'n rhoi'r Bocs Erstalwm ar lawr wrth fy nhraed, ac yn estyn am y plât.

Rydw i'n hoffi teisen siocled.

Nofelau eraill i'w darllen

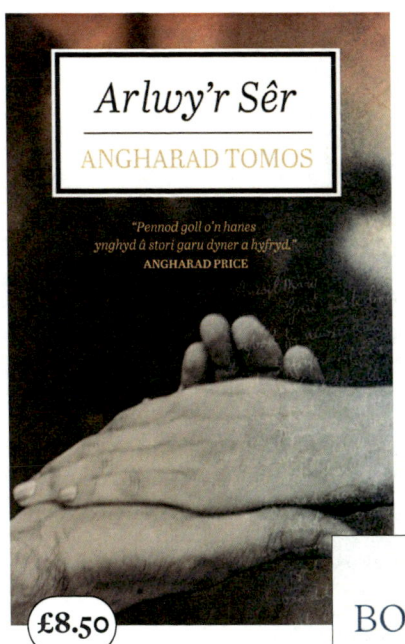

Nofel am gariad sy'n rhychwantu degawdau

£8.50

Cyfrinachau teuluol yn cuddio yn Aberdaron

£8.50

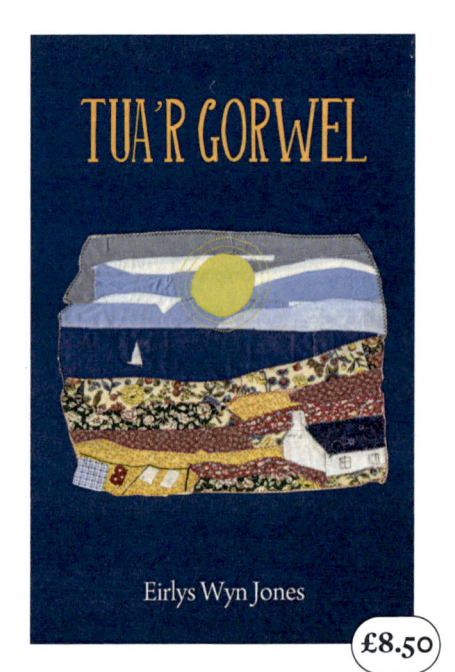

TUA'R GORWEL

Dysgu byw ar ôl yr Ail Ryfel Byd

Eirlys Wyn Jones

£8.50

Gwasg Carreg Gwalch
www.carreg-gwalch.cymru